Câștigător al eFestivalului "Best of the Independent eBook Awards" - Cea mai bună povestire a anului 2014

Rămășițele vechilor suferințe nu sunt niciodată lăsate în urmă...

Părăsită de prietenul ei în Ajunul Crăciunului, Cassie Baruch crede că poate pune capăt suferinței sale izbindu-se cu mașina de un copac bătrân. Dar atunci când un înger superb, cu aripi întunecate, apare și îi spune "asta nu e vreo afurisită de poveste de dragoste paranormală, copilo", își dă seama că moartea nu îi rezolvă problemele. Poate Jeremiel să o ajute să scape de rămășițele problemelor din trecut și să își regăsească liniștea?

Această reinterpretare modernă a mitului îngerilor păzitori îmbină "O colindă de Crăciun" și "O viață minunată", într-o încercare de a le oferi oamenilor speranța că își pot stăpâni și depăși trecutul.

„Foarte puține cărți mă înduioșează până la lacrimi, dar aceasta a reușit într-o manieră glorioasă. Mesajul ei este redat cu umor și grație. Minunat!" – recenzia cititorului

„M-a făcut să îmi pese. Și m-a făcut să plâng. Sunt foarte, foarte recunoscătoare pentru final." - recenzia cititorului

„O carte care m-a înduioșat ca nicio alta." - recenzia cititorului

UN ÎNGER GOTIC DE CRĂCIUN

(O poveste din Copiii celor Căzuți)

de
Anna Erishkigal

Ediția Română

Tradus de Alina Cristea

www.seraphim-press.com

SP Paperback ediție:
ISBN-13: 978-1943036806
ISBN-10: 1-943036-80-2

Ediția electronică:
eISBN-13: 9781943036585
eISBN-10: 1-943036-58-6

Tradus de: Alina Cristea

Isaia 9:2

*Poporul, care umbla în întunerec,
vede o mare lumină;
peste cei ce locuiau în ţara
umbrei morţii răsare o lumină.*

Capitolul Unu

-Mamă, am un client aici! Trebuie să plec!

Cassandra Baruch îşi înfipse degetul în urechea cealaltă pentru a o auzi pe mama ei plângându-se în ciuda semnalului prost al telefonului.

-*Dar e Ajunul Crăciunului!* spunea mama sa în micul difuzor. *Ar trebui să stai cu familia ta, nu cu un băiat care te tratează cum mă trata pe mine tatăl tău.*

Cassie îşi luă iPhone-ul de la ureche şi îl privi dezgustată. Nici măcar nu era ora cinei încă şi se părea că mama ei se agăţase de sticla de Jack Daniels. Coada de oameni care aşteptau pentru a comanda cafea era acum lungă de nouă pesoane. Fiecare dintre ele o privea cu răutate, căci stătea la taclale la telefon în loc să preia comenzile.

-Mamă! Mamă! Ascultă-mă! zise Cassie făcând gesturi disperate către Ezra, colegul ei din această cafenea teribilă. Serios. O să îmi pierd slujba dacă mă mai suni o dată când sunt pe tură.

-*Alegi acel băiat în locul propriei tale mame?* mormăi femeia. *După toate sacrificiile pe care le-am făcut de când ne-a abandonat tatăl tău?*

Vocea mamei se tărăgănă mai departe, urmărind acelaşi tipar al vinovăţiei, doar că de această dată era amplificat de faptul că primise un telefon de la tatăl ei.

Cassie acoperi receptorul cu o mână şi încercă să privească în ochi următorul client, un bărbat înalt cu o faţă răutăcioasă, care purta un costum larg, gri şi o cravată roşie. Acesta nu o privi înapoi, ci continuă să se holbeze la ceas şi să îşi mişte degetele în acelaşi ritm ca secundarul.

-Sunt chiar aici, domnule.

-Aştept la coadă de 11 minute, răspunse el fără a privi către Cassie. Şi pe durata tuturor celor 11 minute, dumneata ai stat de vorbă la telefon.

-Îmi pare rău, domnule, se scuză fata, acoperindu-şi telefonul cu şorţul verde de barmaniţă pentru ca bărbatul să nu o poată auzi pe mama sa enervându-se în modul ei tipic. E un fel de urgenţă de familie.

-Are cumva cineva nevoie ca tu să suni o ambulanţă?

Clientul se aplecă în faţă, împungând-o cu degetul în obraz.

-N-nu, domnule, răspunse Cassie, privind îndelung către propriile cizme. E vorba doar... de tatăl meu.

-Ce ai făcut mai exact, tânără domnişoară, de ţi-ai dezamăgit mama în asemenea hal?

Domnul în costum făcu un gest către telefonul ei, din care răzbătea vocea ascuţită a mamei în ciuda barierei de haine. Cassie privi neajutorată către colegul sa, Ezra. Înalt de un metru nouăzeci şi având o construcţie care făcea pastele spaghetti să pară grase, Ezra pregătea cu pricepere un latte de soya cu o mână şi, în acelaşi timp, turna cu cealaltă laptele pentru un cu totul alt client. Acesta îi zâmbi cu empatie, dar, având ambele mâini ocupate, era evident că nu o putea ajuta.

Telefonul scoase un sunet înfundat şi trecu pe difuzor, căci fata apăsase butonul împingând ecranul în stratul de grăsime care se ivea de sub marginea pantalonilor skinny cu talie joasă, de la „Lip Service".

-După toate lucrurile la care am renunţat pentru tine, aşa mă răsplăteşti? strigă mama sa. *Într-o bună zi o să vii acasă si o să mă găseşti moartă din cauza inimii mele frânte!*

Cassie se încruntă, întrebându-se dacă să arunce iPhone-ul în blenderul pentru smoothie sau să îi facă pe plac mamei ei în speranţa că astfel va opri o altă beţie. Strigătele femeii deveniră atât de puternice încât toţi cei nouă oameni de la coadă începură să se uite unul la altul, ruşinaţi pentru că erau forţaţi să asculte aceasta conversaţie privată. Bărbatul de la capătul cozii îşi ridică mâinile în aer şi plecă.

-Cred că vreau să vorbesc cu managerul tău, zise domnul în costum, privind către ceasul său. Tocmai s-au făcut douăsprezece minute şi treizeci de secunde.

Cassie îşi aşeză din nou telefonul la ureche.

-Mamă! izbucni ea. Nu pot vorbi despre asta acum! Ne vedem mâine după-amiază.

Închise telefonul şi privi ecranul suficient încât să îl poată da pe mut. În acelaşi timp, se asigură că nu avea niciun mesaj necitit. Şi nu avea. Mauricio încă nu îi răspunsese la apel. Cassie îşi vârî iPhone-ul în buzunar şi adoptă un rânjet fals, cel mai apropiat posibil de un zâmbet; ochii ei de un gri rece erau accentuaţi de eyeliner-ul negru şi gros pe care îl folosea pentru a-şi oferi acel aspect popular, asemănător celui al personajelor cu ochi mari din anime-uri.

Chiar înainte de a-şi fi luat tălpăşiţa în vacanţă, managerul avusese o „discuţie" cu ea privitoare la atitudinea pe care trebuia să o aibă pentru a-şi păstra slujba. Cizmele ca de armată, înalte până la coapse şi cu platformă mai înaltă de doi centimetri nu mai erau permise. Nici blugii rupţi, cu cranii desenate pe ei.

Nu veni la muncă îmbrăcată în negru din cap până în picioare. Nu purta inele sau prea multe bijuterii. Nu e voie cu mai mult de doi cercei într-o ureche şi cu siguranţă nici cu piercinguri care îţi ies din nas- cu excepţia unuia mic. Acoperă tatuajele. Părul negru ca tăciunea e în regulă, dar trebuie prins cu grijă într-o coadă de cal şi nu ai voie sub nicio formă să îl vopseşti în culori ca albastru neon sau fucsia. Tricouri simple, fără simboluri ale trupei „Goth rock" pe faţă, ca Alien Sex Fiend. Iisuse! Toate astea pentru o slujbă care nu oferea decât salariul minim pe economie?

-Îmi pare foarte rău, domnule, zise Cassie, prefăcându-se drăguţă faţă de domnul în costum. Ce aţi dori să comandaţi?

„Fi-ţi-ar!" îşi adăugă în gând.

-Am cerut să vorbesc cu managerul tău, răspunse acesta lovindu-şi ceasul cu degetele. Nu voi pleca până nu fac asta. Am aşteptat treisprezece minute şi opt secunde.

-Managerul meu nu e aici astăzi, răspunse Cassie. Ne confruntăm cu o lipsă de personal deoarece unii dintre angajaţi au plecat de Crăciun.

Mai exact, managerul ne-a abandonat săptămâna asta şi doi oameni şi-au dat demisia azi-dimineaţă. Nenorociţi...

-Când *eu* aveam vârsta ta, zise bărbatul agitându-şi degetul în faţa ei, ne mândream cu faptul că niciunul dintre clienţii noştri nu aştepta mai mult de trei minute din momentul în care intra pe uşă până în momentul în care îşi primea ceaşca de cafea. Trei minute! Nu treisprezece! Şi cu siguranţă nu aveam voie să vorbim la telefon!

Cassie îşi stăpâni tentaţia de a-l întreba pe domnul în costum dacă nu cumva pe vremea lui era obligat şi să urce trei mile înfruntând furtuna pentru a ajunge la serviciu. În schimb, privi către doamna care aştepta nerăbdătoare în spatele lui.

-Cu ce vă pot ajuta, doamnă?

Bărbatul înşfăcă un biscuit de pe tejghea şi îl agită în faţa ei de parcă ar fi fost bastonul unui poliţist.

-Nu am terminat cu tine, domnişoară!

-Ba da, aţi terminat, răspunse Cassie dându-şi ochii verzi şi reci peste cap.

Privi chiar prin el, direct către femeia care urma la rând- o doamnă de vreo 40 de ani care era clientă fidelă, deşi Cassie nu reuşise să îi reţină numele.

-Următorul?

Femeia deschise gura ca pentru a spune ceva, dar apoi o închise repede la loc. Era nerăbdătoare să îşi primească şi ea cafeaua, dar nu suficient de nerăbdătoare încât să treacă peste bărbatul în costum care era pe cale să facă o scenă. Ezra îşi termină comanda dublă şi aşeză băuturile în mâinile clienţilor care aşteptau. Apoi, se aşeză în spatele lui Cassie.

-Permiteţi-mi să vă ajute, domnule, spuse el către bărbat, arborând cel mai tocilăresc zâmbet posibil.

-Nu am terminat! rosti el cu chipul schimonosit de furie.

Ezra îşi îndepărtă bretonul din ochi.

-Ce spuneţi dacă vă oferim o cafea din partea casei? Un espresso cu orice aromă doriţi?

-Fata asta este nepoliticoasă! răspunse bărbatul arătând către Cassie.

-Da, este, rosti Ezra, exprimându-şi acordul.

-Vreau să fie concediată!

Ezra îşi ridică mâinile.

-Nu pot să mă opun dumneavoastră, domnule. Aveţi dreptate. Cassie nu are o zi tocmai bună, aşa că încerc să îmi cer scuze în numele ei oferindu-vă o cafea din partea casei. E tot ce pot face.

Cassie continua să se concentreze asupra femeii din spatele bărbatului în costum, care arunca priviri piezişe către uşă, de parcă ar fi fost gata în orice clipă să fugă din acel loc.

-O cafea neagră, aromă de ciocolată cu cremă de alune, două pliculeţe de îndulcitor şi lapte degresat, corect? turui Cassie, reluând comanda obişnuită a doamnei.

Aceasta căscă ochii în semn de uimire.

-D-da, răspunse. Cum ai...?

-Dacă nu mă sună mama să îmi spună că tatăl meu tocmai a fost internat în spital, suferind de insuficienţă renală în stadiu terminal, şi că s-ar putea să nu mai apuce Anul Nou, rosti Cassie suficient de tare încât să audă toţi oamenii de la coadă, sunt o barmaniţă destul de pricepută. Doriţi şi biscuitul cu migdale, ca de obicei?

Bărbatul în costum încetă să mai vorbească. Ezra îi zâmbi cu superioritate.

Cassie se ocupă rapid comanda femeii, iar apoi continuă să servească ceilalţi şapte clienţi care aşteptau, alături de alţi trei care tocmai intrau. Odată ce coada se termină- cel puţin pentru moment- îşi verifică telefonul pentru a se vedea dacă Mauricio îi lăsase vreun mesaj. Nimic. Înşfăcă o cârpă şi începu să cureţe tejgheaua cu furie. Ca de fiecare dată când erau foarte ocupaţi, blatul tejghelei arăta de parcă cerul se deschisese deasupra ei şi boabele de cafea se revărsaseră pretutindeni, asemenea unor lăcuste mici şi negre.

Ezra îşi sprijini trupul înalt şi zvelt de masa de alături. Cassie pretindea că nu observa modul în care acesta îi analiza mâinile, de parcă tot ceea ce făcea era extraordinar. Tânărul îşi îndepărtă din nou bretonul lung din ochi, astfel încât fata să îi poată vedea faţa, şi îi zâmbi stângaci. Ar fi fost perfect dacă nu ar fi avut un coş de mărimea statului Texas chiar pe bărbie.

-Mulţumesc, murmură Cassie.

Se chinuia să lustruiască tejgheaua lucrată dintr-un fals granit negru, aruncând din când în când câte o privire către iPhone-ul aşezat pe masa de lângă ea. Voia să se asigure că nu rata soneria în momentul în care Mauricio ar fi sunat-o înapoi.

-Cu plăcere, răspunse Ezra.

Îşi învârtea gânditor prosopul. Verdele închis îi accentua lungimea degetelor- „degete de pianist", obişnuia să îi spună managerul. Avea genul acela de mâini care nu puteau să execute decât activități pline de sensibilitate, precum cântatul la chitară sau încercările necontite de a replica elementele grafice din Skyrim.

Cassie continua să frece tejgheaua care era deja imaculată.

-Dacă mai lustruiești mult, zise   Ezra, o să treci prin mașa și o să ajungi cu cârpa până la podea.

Fata se răsuci în loc.

-Ce vrei să spun?

-„Mersi că mi-ai salvat fundul, Ezra?"

Cassie se uită în jos, nefiind sigură dacă să îl privească răutăcios sau să îl îmbrățișeze. Alese a doua variantă. Ezra era puțin prea drăguț cu ea, iar ultimul lucru pe care și-l dorea era să îl încurajeze. Tânărul îi era *prieten* și nimic altceva.

-Mersi, murmură ea.

Ezra răsuci prosopul din nou.

-Ce se întâmplă, de fapt, cu mama ta?

Fata ridică din umeri.

-Încă speri că Mauricio se va răzgândi?

Cum se făcea că Ezra știa întotdeauna ce să spună ca să o facă să se deschidă în fața lui, și nu să îl privească răutăcios, așa cum proceda cu toți ceilalți? Totuși, nu avea de gând să cedeze de această dată. Ridică din nou din umeri și se întoarse cu spatele la el, sperând că acesta va înțelege că trebuie să o lase în pace.

Ezra se apucă să rearanjeze rafturile cu bunătăți, așezând batoanele de scorțișoară și brioșele deja învechite astfel încât să pară proaspete și apetisante pentru potențialii cumpărători. Ziua de dinaintea Crăciunului era întotdeauna foarte aglomerată; oamenii se opreau să își cumpere o cafea la întoarcerea de la cumpărături, fiind morocănoși și epuizați, sau alergau disperați să cumpere ceva de ultim moment pentru vreo petrecere la care fuseseră invitați pe neașteptate, ca și cum nu ar fi fost altceva decât un gând fugar. Un gând fugar, așa cum era *ea* întotdeauna.

Poate că de aceea era atât de supărată pe mama ei. Ca de obicei, singura persoană care se gândise să o invite undeva era tocmai femeia care fusese chinul vieții ei încă de când tatăl său plecase.

Cassie privi din nou către telefon. Încă nu primise niciun apel... poate că nu avea semnal bun? Verifică iPhone-ul pentru a se asigura că nu avea nicio problemă. Nu. Dispunea de patru liniuțe- nu era un semnal perfect, dar suficient de bun încât să poată primi apeluri. Sau poate că *el* se afla într-un loc în care nu era semnal bun?

Fata privi către grupul pe care îl servise mai devreme, în timp ce oamenii își terminau cafelele și plecau. Ezra era ocupat făcând curățenie în mica bucătărie, în care nu era altceva decât un cuptor cu microunde și un grill Panini. În final, își înșfăcă telefonul și formă numărul de telefon fix al lui Mauricio. Ascultă până când îi auzi vocea, înregistrată de robot. Fir-ar să fie! Până și glasul lui era senzual!

Simți fluturii mici și agitați roindu-i în piept în timp ce vocea o informa că iubitul ei, cu care era într-o relație de cinci luni, avea să o sune înapoi imediat ce ajungea la bârlog. *Bârlog* era un cuvânt pe care îl folosea pentru a se da în spectacol și nu se referea la altceva decât la apartamentul său. Ah, cât își dorea să își permită și ea o locuință proprie, în loc să fie nevoită să stea cu mama ei și să plătească o chirie de o sută de dolari pe săptămână!

-Ăă... Mauricio, aici Cassie. Ăă... știu că ai zis că ai nevoie de timp ca să te gândești, dar e deja Crăciunul și... da... Păi, o, nu mai contează...

Închise telefonul, asigurându-se pentru ultima dată că tânărul nu încercase să o sune de pe mobil în timp ce *ea* îl suna pe telefonul fix. Dar nu avea noroc. Își ridică privirea, întâlnind ochii căprui, marcați de suferință ai lui Ezra.

-Meriți mai mult, spuse acesta cu blândețe.

Buza lui Cassie tremura. Se lupta cu lacrimile pe care încercase să le țină la distanță în ultimele cinci zile.

-E numai vina mea! Avea nevoie de ajutor și eu nu am fost acolo, lângă el!

Ezra își așeză mâna pe umărul fetei.

-Ți-A cerut bani, zise el. Iar tu i-ai spus că nu aveai pentru că mașina mamei tale se stricase. Și-ar fi pierdut slujba dacă nu ai fi ajutat-o să o repare. Ai făcut ceea ce trebuia.

-Mama ar trebui să își repare *singură* mașina, răspunse Cassie.

-Da, ar trebui, rosti Ezra. Dar dacă mama ta își pierde locul de muncă, niciuna dintre voi nu va mai avea suficienți bani încât să poată plăti chiria acelui apartament. Și unde veți merge atunci?

-O să mă mut cu Mauricio, zise Cassie, înălțându-și bărbia cu mândrie.

Ezra îi aruncă o privire atotștiutoare. Deja îi spusese ce credea în legătură cu acest lucru și avea destul de mult bun simț încât să nu o supere amintindu-i din nou, cu atât mai mult cu cât Mauricio îi spusese cu cinci zile în urmă că avea nevoie de timp ca să se gândească.

Cassie scoase filtrele și le pregăti pentru a prepara o nouă serie de cafele, însă nu apăsă butonul de pornire pentru că ora închiderii se apropia. De obicei, stătea la cafenea până la 10 seara, însă managerul le spusese că aveau voie să închidă mai devreme în Ajunul Crăciunului- mai precis, la ora 6. Era a treia oară în acea săptămână când fata trebuia să se ocupe de îngrozitoarea închidere și deschidere, ajungând acasă la 10:30 noaptea și revenind la cafenea la 4:30 dimineața pentru a lucra încă o tură dublă.

iPhone-ul ei țârâi. Cassie îl înșfăcă imediat, cu inima galopând de bucurie. Extazul ei fu, însă, unul de scurtă durată. Era doar mama ei, din nou. Nu răspunse, ci lăsă apelul să fie trimis spre căsuța vocală, căci nu era dispusă să mai asculte încă o tiradă interminabilă direcționată împotriva tatălui său. Încă nu hotărâse dacă să îl viziteze la spital înainte să moară pentru a-i spune ce nemernic fusese sau să îi acorde aceeași atenție pe care el i-o acordase în toți acești ani. Adică niciuna. Se rugă în continuare pentru ca lui Mauricio să i se facă milă de ea și să îi dea voie să doarmă la el, în loc să fie nevoită să meargă acasă și să-și vadă mama izbucnind în crize necontrolate.

Privi către Ezra, care profitase de lipsa clienților pentru a-și deschide laptopul; rula o simulare a unui joc video la care lucra de când îl cunoștea Cassie: mai precis, de doi ani. Ezra era întruchiparea tocilarilor informaticieni. Înalt, slab, având breton tipic emo și un tricou prea mare, cu trupa My Chemical Romance. Nu putea înțelege de ce *el* avea voie să poarte un tricou cu o trupă, în timp ce pe *ea* managerul o certa de fiecare dată pentru ținutele ei. Practic, Ezra conducea cafeneaua, în vreme ce Cassie intra întotdeauna în belele.

De ce nu îi plăcea nimănui de ea?

Clopoțeii agățați în dreptul ușii răsunară, lovindu-se de sticla geamului în timp ce o ultimă clientă se refugia înăuntru din calea gerului. O, Dumnezeule!... Doamna Henderson.

Doamna în vârstă care venea de obicei la 10 dimineață fix, imediat după ce magazinul se liniştea în urma grupurilor de oameni care veneau să cumpere sandvişuri pentru prânz. La fiecare vizită, doamna Henderson flirta cu Ezra şi îi adresa lui Cassie întrebări personale, legate de facultatea la care voia să studieze şi domeniul în care voia să se specializeze.

-Doamnă Henderson, o salută Cassie, zâmbindu-i în modul cel mai sincer în care putea. V-am simțit lipsa azi-dimineață. Nu vă stă în fire să vă ratați întâlnirea cu biscuiții preferați.

Buzele doamnei Henderson se arcuiră într-un zâmbet care îi scotea la iveală protezele instabile; de multe ori i se dezlipeau dinții în timp ce vorbea. Fiecare obraz al femeii purta urma perfect rotundă a pudrei roz, asemănând-o cu vechile păpuşi de porțelan, iar rujul de un roşu aprins începuse deja să se afunde în ridurile dense. Ca de obicei, era îmbrăcată în haine colorate din poliester- avea un pulover vesel cu imaginea renului cu nas roşu Rudolf, care contrasta puternic cu nuanța albastră-mov a părului său. Hainele atârnau pe ea de parcă ar fi fost cândva o femeie extrem de grasă, pe care vârsta o transformase într-o figură subțire şi fragilă, cu spatele cocoşat şi mâini care tremurau în timp ce îşi număra banii.

-A trebuit să termin ceva acasă înainte de a veni, drăguțo, răspunse doamna Henderson. Sper că nu te superi.

Să se supere?! De parcă ar fi interesat-o câtuşi de puțin pe Cassie.

-Nu mai avem biscuiți cu portocale şi merişoare, zise fata, arătând către tava goală pe care se aflau de obicei bunătățile obişnuite ale doamnei Henderson. Aş putea să vă tentez cu altceva în această după-amiază?

-E în regulă, draga mea, spuse doamna Henderson. Voi servi doar o cafea. Ştii cum îmi place, nu-i aşa?

-Da, ştiu.

Cassie zâmbi din nou, de această dată cu sinceritate, în timp ce nota comanda femeii cu markerul pe un mic termos. Un amestec slab pentru dimineață, două pliculețe de zahăr, lapte obişnuit, fără alte arome. Spre deosebire de ceilalți clienți, doamna Henderson prefera cafeaua tradițională. Probabil că aceasta era, de altfel, singura cafea tradițională pe care Cassie o prepara în fiecare zi.

-Cum e vremea, doamna Henderson? o întrebă Ezra din locul său de deasupra laptopului.

-Tocmai a început să ningă, răspunse aceasta. Vom avea un Crăciun alb anul ăsta. Exact cum a promis meteorologul.

-Să aveţi grijă când vă întoarceţi, bine? Ultimul lucru de care avem nevoie e ca dumneavoastră să cădeţi şi să vă fracturaţi şoldul, aşa cum i s-a întâmplat doamnei Gonzales săptămâna trecută.

-Domnul Cantos ieşise deja pentru a curăţa zăpada de pe trotuar când am coborât din bloc, spuse doamna Henderson. Se va asigura că drumul e sigur până când mă întorc. Întotdeauna o face.

Cassie nu avea nicio idee cine era domnul Cantos, şi nici celelate persoane care intrau şi ieşeau din viaţa doamnei Henderson; îngrijitorul, bărbatul care conducea maşina de gunoi, femeia care curăţa holul Azilului de Bătrâni. În fiecare zi, doamna Henderson îi bârfea pentru aproximativ o oră, tărăgănând cât putea de mult băutul cafelei pentru a mai putea rămâne în magazin. Jura de fiecare dată că venea aici pentru că făceau cea mai bună cafea din Sandwich-ul de Sud[1], dar, de fapt, aceasta era singura cafenea la care putea ajunge pe jos de la Azil. Bătrâna venea în fiecare zi, fie ploaie, vânt sau soare.

-Poftiţi, o servi Cassie, aşezând cana pe tejghea.

Doamna Henderson se întinse către poşeta suficient de mare încât să adăpostească un rinocer, şi scoase două pachete de dimensiune medie, care erau înfăşurate în benzi desenate livrate duminica şi înconjurate de un fir gros şi roşu în loc de fundă.

-Am pregătit ceva pentru tine şi Ezra.

Doamna Henderson avea o expresie entuziastă şi sinceră, de parcă tocmai le înmânase o comoară. Aducea adesea cadouri de acest gen- de obicei era vorba despre vechituri adunate de la târgurile de vânzări organizate de biserică sau de la magazinul bisericii Corpus Christi, care oferea reduceri la jumătate de preţ în zilele de miercuri.

---

[1] Regiunea Sandwich din peninsula Cape Cod, situată în partea de est a statului Massachusetts, SUA.

-Nu trebuia să vă deranjați! zise Ezra, apucând pachetul care avea numele său mâzgâlit pe el și desfăcându-l nerăbdător.

În cutie se afla un fular croșetat de mână, din lână roșie cu dungi subțiri, portocalii.

-Uau! Ochi-de-șoim![2] Cum ați știut?

-Arăți ca un băiat demn de a fi Ochi-de-șoim, răspunse doamna Henderson, părând mulțumită.

Apoi, privi către Cassie, așteptând ca *și ea* să își deschidă cadoul.

-Mulțumesc, murmură tânăra.

Rupse hârtia în care era învelit pachetul pentru a descoperi un fular oribil, de un roz ca de păpușă Barbie, ce avea pe deasupra și câțiva canafi enormi, albi, care atârnau la capete. Roz. Culoarea în care mama ei încercase să o îmbrace pe tot parcursul copilăriei sale, până când Cassie avusese un acces de rebeliune și începuse să poarte doar negru, accentuat ocazional de nuanțe de violet.

-Este... ăă... mulțumesc!

Dacă doamna Henderson observase lipsa de entuziasm a fetei, avu delicatețea de a nu o arăta. Se mută la masa ei obișnuită din dreptul ferestrei, sorbând cafeaua cât de lent putea, fără să țină cont de faptul că magazinul trebuia să se închidă în zece minute.

Cassie își verifică din nou telefonul. Încă nu primise niciun apel, nici măcar un mesaj din partea lui Mauricio. O idee răzleață îi trecu prin minte. Se grăbi să își termine sarcinile dinainte de închidere, scoțând ultimele produse de patiserie din vitrină și așezându-le cu grijă într-o pungă de gunoi din plastic.

-Trebuie să le arunci la gunoi, spuse Ezra apărând de nicăieri. Elaine o să îți rupă capul dacă vine să facă inventarul și vede că nu au ajuns la coș.

-*Chiar* le arunc, minți Cassie.

Ezra ridică din umeri și, în liniște, o ajută să așeze în continuare prăjiturile cu lămâie, cornurile cu ciocolată, brioșele din tărâțe și porumb și toate celelalte bunătăți pe care clienții le

---

[2] Una dintre casele școlii de magie Hogwarts, din seria „Harry Potter". În ansamblu, acestea sunt Cercetași, Viperini, Ochi-de-șoim și Astropufi

refuzaseră pe parcursul zilei. Majoritatea era alcătuită din brioşe cu tărâţe. De ce insista managerul să pregătească aşa ceva? Nimeni nu le mânca.

Cassie aruncă o privire către laptopul lui Ezra şi remarcă eroina pe care acesta tot încerca să o termine pentru jocul lui. Era îmbrăcată în haine de războinic gotic, dar era puţin prea slabă. În ciuda acestor diferenţe, fata semăna cu *ea*.

-Drăguţ, spuse Cassie.

Obrajii lui Ezra căpătară o nuanţă roşiatică, vizibilă chiar şi în umbra bretonului pieptănat peste ochi. Băiatul îşi închise brusc laptopul.

-Ora şase, anunţă el. E timpul să mergem acasă!

Cassie ridică cu grijă sacoşa de gunoi plină de bunătăţi, sperând că niciuna dintre ele nu avea să se rostogolească şi să se strice.

-Noapte bună! zise către Ezra.

-Unde mergi în seara asta?

-Acasă, minţi Cassie.

Judecând după privirea lui Ezra, era clar că nu o credea absolut deloc. Prietenul ei emo o cunoştea puţin prea bine.

-Ascultă, începu el. Eu şi câţiva prieteni de-ai mei, jucători, ştii... ă... ne întâlnim în seara asta ca să petrecem ceva timp împreună. Nimic special. Dar sunt oameni super şi mă gândeam că ai putea să te simţi bine cu noi. Doar dacă... ei bine, ştii tu, dacă lucrurile nu merg prea bine cu... ăă... mama ta?

Cassie ridică din umeri.

-Sigur. Doar că... ăă... mama mea e puţin învăluită de povestea asta cu tata. Cred că nu îşi poate da seama dacă să îl scuipe în faţă sau să se împace cu el, acum că e pe moarte.

-Dacă devine ciudat, insistă Ezra, iar ochii săi căpătară o nuanţă frumoasă de ciocolatiu, doar sună-mă, bine?

Cassie îi zâmbi timid şi se îndreptă spre uşă.

-Nu uita asta!

Ezra îi întinse fularul roz pe care fata îl lăsase în mod intenţionat în coşul pentru obiecte pierdute.

-Mersi, murmură ea, aruncând o privire către doamna Henderson.

Aceasta continua să îşi soarbă cafeaua în linişte, lângă fereastră.

-Ați dori să vă las acasă, doamna Henderson? o întrebă Ezra. Închidem acum, dar am drum chiar pe acolo. Nu ar fi nicio problemă.

Cassie păși singură afară, înfruntând noaptea întunecată și rece.

Capitolul Doi

Fulgii mari şi albi se izbeau de parbrizul maşinii ei vechi, marca Ford Taurus, în timp ce ştergătoarele şuierau încercând să îi îndepărteze şi nu izbuteau decât să lase în urmă fâşii umede care reduceau considerabil vizibilitatea. Maşina aproape că derapă pe strada Farmersville. Chiar avea nevoie de ştergătoare noi, însă nu îşi permitea prea multe, având în vedere că locul de muncă nu asigura decât un salariu minim pe economie. O furie vagă o învălui în timp ce rememora cearta pe care o avusese în acea dimineaţă cu mama ei, în legătură cu surplusul de chirie pe care era nevoită să îl plătească.

-Eşti mama mea! Ar trebui să mă laşi să locuiesc aici pe gratis!

-Crezi că apartamentele din Cape Cod sunt ieftine, domnişoară? E tot ce pot face ca să avem un acoperiş deasupra capului.

-Dacă ai înceta să mai cheltui atât de mult pe alcool şi ţigări, atunci poate că nu ar trebui să îmi mai ceri *mie* bani când îţi strici maşina.

-Ţi-am zis că o să îţi dau banii înapoi.

-Sigur că da. La fel cum ai făcut-o şi la celelalte şase „urgenţe".

Maşina din faţa ei fu pe punctul de a se izbi de un fag bătrân care străjuia curba de pe marginea lacului. Era ora şapte fără douăzeci şi cinci. Arborele veghea drept santinelă, asemenea unui elefant gri, tăcut, cu trunchiul marcat de numeroasele maşini care se loviseră de el, în loc să se lovească de terasamentul ce delimita apa. În fiecare an, cei care se ocupau de mentenanţa zonei încercau să îl taie, şi în fiecare an

Comitetul Istoric respingea decizia declarând că fagul era un copac străvechi protejat de legea statală.

Cassie apucă ferm volanul, hotărând că ar fi mai bine să fie atentă la drum. Porni radioul. Mașina ei Taurus era atât de veche, încât nu avea .mp3 sau CD-Player, așa că fata alese caseta cu muzica trupei Zola Jesus, pe care o transferase de pe telefon pe CD, iar apoi de pe CD pe tradiționala casetă pe care o folosea acum. Întotdeauna era îngrozită când conducea și pe altcineva acasă, dar, în ciuda vârstei înaintate, mașina avea cel puțin boxe rezonabile. Prefera să simt basul percutând prin întregul său trup în loc să se mulțumească cu experiența auditivă limitată oferită de căști.

În plus... era mașina *ei*! A ei! Nu i-o dăruise nimeni. O câștigase așa cum reușise să obțină orice alt nimic din viața ei- având două servicii concomitente. Nu îi păsa ce spuneau prietenii lui Mauricio despre Taurus, ei și mașinile lor noi și scumpe. Spre deosebire de acestea, mașina ei fusese plătită în întregime la cumpărare; poate că de aceea Mauricio nu avea niciodată bani!

Opri în fața casei lui, o garsonieră mică, situată deasupra garajului unui foarte drăguț conac de snobi din acel cartier pretențios al Centerville. Mașina lui, o Toyota Corolla verde ca smaraldul, cu jante scumpe de aluminiu, era parcată pe alee. Toate luminile erau aprinse, chiar dacă la fel erau și cele ale proprietarului garsonierei, care locuia alături. Mai multe mașini stăteau împrăștiate în dreptul locuinței.

Cassie parcă în dreptul mormanului de zăpadă de pe partea cealaltă a străzii și privi îndelung, fără a se putea hotărî dacă să meargă pur și simplu la ușă și să bată sau să îl sune întâi pe Mauricio și să vadă dacă îi răspundea la telefon. Băiatul se supăra de fiecare dată când tânăra venea neanunțată, insistând ca ea să îl sune de fiecare dată înainte de a apărea, pentru a-i da timp să facă curățenie.

Cassie se uită din nou la telefonul mobil, întrebându-se dacă nu cumva al lui se stricase. Nu. Sunase și pe fix. El îi spusese că avea nevoie de timp să se gândească după ce ea refuzase să îi dea bani pentru a-și plăti rata la mașină. Ei bine, nu avea suma necesară pentru asta, dar îi cumpărase un cadou foarte frumos de Crăciun *înainte* ca mașina mamei să se strice; era vorba despre un cadou pe care nu și-l permitea cu adevărat.

Din moment ce ajunsese deja, Mauricio nu putea să o refuze, nu-i așa? Mai ales dacă...

Cassie își descheie hanoracul și își ridică puțin sutienul pentru a accentua decolteul. Își reașeză oglinda retrovizoare pentru a putea să își refacă machiajul gros de la ochi, iar apoi aplică un nou strat de ruj- roșu închis- alături de o urmă vagă de luciu albastru pentru ca ansamblul să capete o tentă mov. Mauricio nu era adeptul stilului Goth, dar arăta atât de bine, încât nu contase în momentul în care Cassie începuse relația cu el. Faptul că stătea la brațul lui Mauricio îi permisese să pătrundă într-un grup cu totul nou de prieteni. Aceștia erau, de altfel, singurii prieteni pe care îi mai avea, acum că *vechii* amici o părăsiseră pentru a merge la facultăți din orașe aflate la mare distanță.

Fata coborî din mașină și alunecă instantaneu pe gheață, căzând drept în fund.

-Fir-ar să fie!

Cadoul lui Mauricio se strivise sub ea, iar hârtia de împachetat în care îl învelise era acum îmbibată în zăpadă umedă. Cassie se ridică, recunoscătoare pentru faptul că hotărâse să poarte în ziua aceea cele mai masive cizme pe care le avea, ca o formă de sfidare față de ultimatumul managerului; apoi, se poticni încet, încet, străbătând aleea și treptele de lemn care conduceau la apartamentul lui Mauricio. Întreaga locuință era luminată, iar muzica hip-hop braziliană răzbătea dincolo de sticla ferestrelor. Putea întrezări oamenii care se mișcau înăuntru.

Iată... Ce va fi, va fi.

Cassie bătu la ușă.

Auzi sunetul pașilor care se îndreptau către ea, iar apoi ușa se deschise. Cassie privi drept în ochii unei fete portoricane îmbrăcate sumar, al cărei păr fusese strâns la spate, într-un coc așezat cu gel. Din cap până în picioare avea numai haine ultimul răcnet, de la Abercrombie, iar turul era atât de lăsat, încât faptul că părul pubian nu i se putea întrezări rămânea o mare sursă de uimire. Cassie aruncă o privire către propriul decolteu nepotrivit și își încheie instinctiv hanoracul.

-Ăă... Mauricio este aici?

-Cine îl caută?

-Sunt... ăă... Cassie.

Fata se uită la ea cu răutate și îi trânti ușa în față.

Cassie fu cuprinsă de furie. Bătu în geam atât de tare încât aproape că fu uimită de faptul că sticla nu se spărgea. Ușa se deschise a doua oară. De această dată, în prag se arătă Mauricio, al cărui spate era luminat de o zeitate înaltă, bronzată și strălucitoare, mai potrivită pentru coperta unei reviste de modă decât pentru ultimul lui job de peisagist.

-Hei, iubito, ce mai faci? spuse Mauricio cu blândețe.

Aruncă o privire peste umăr și păși afară, în zăpadă, închizând ușa după el. Cassie observă că nu purta pantofi.

-Eu... ăă... ți-am adus cadoul de Crăciun, zise fata și îi întinse pachetul deja aplatizat, îmbibat în atâta zăpadă încât Moșii de pe ambalaj păreau să fie acum un grup de motocicliști beți.

-Nu trebuia să te deranjezi.

Buzele lui Mauricio se arcuiră într-un rânjet ca de lup, aproape perfect, dacă nu i s-ar fi întrezărit incisivul strâmb ce se asemăna unui colț de vampir. Inima lui Cassie făcu o tumbă. Sunetul sângelui care îi alerga prin vene i se intensifică în urechi pe măsură ce tânărul lua cadoul, lăsându-și mâinile să întârzie pe ale ei.

Desfăcu ambalajul și deschise cutia, expunând un fular de nuanța mahonului, din cașmir, pe care fata îl cumpărase pentru el; era cașmir veritabil, genul acela care nu se scămoșa, nu ca falsurile pe care le vindeau cei de la magazinul TJ Maxx. Mauricio îl ridică în dreptul luminii fluorescente, care punea darul într-o lumină cu totul și cu totul neplăcută.

-E un fular, zise el lipsit de entuziasm.

Din interiorul apartamentului se auzi un țipăt, urmat de sunetul sticlei care se spărgea și, în final, de o avalanșă de înjurături în spaniolă.

-Este... ăă... m-am gândit ca s-ar potrivi cu ochii tăi, se bâlbâi Cassie. Ai spus că îți e frig întotdeauna. M-am gândit...

Vocea i se pierdu. În regulă. Cadoul era penibil. Dar era, în același timp, cel mai luxos lucru pe care și-l putea permite, iar ea se concentrase pe cât de călduros și moale avea să îl simtă Mauricio în jurul gâtului, nu pe modul indiferent în care avea să perceapă *doar* un fular, în loc de o pereche de blugi de la Abercrombie.

-Eu... hm... sper să îți placă.

Mauricio îi zâmbi fals.

-Sigur, e minunat. Mulțumesc!

Se întoarse către ușă.

-Ce faci în vacanță? se trezi Cassie spunând.

Ceea ce voia cu adevărat să întrebe era „*cine e parașuta dinăuntru?*", dar nu avusese curajul.

Mauricio se încordă, mâna zăbovindu-i pe ușă.

-Sunt cam ocupat, răspunse el. Am companie în timpul săptămânii. Rude din alt oraș.

-Asta e ea, adică... ăă... toate mașinile de pe alee?

Mauricio dădu din umeri, stând în continuare cu spatele la ea. Deschise ușa și păși înăuntru. Cealaltă fată aștepta chiar în prag; avea mâinile așezate ferm pe formele voluptoase, iar ochii îi sclipeau cu furie.

-Cine e asta, Mauricio? întrebă ea cu o privire răutăcioasă către Cassie.

-Nu e nimeni, răspunse tânărul.

Cassie inspiră adânc. Se simțea de parcă cineva tocmai îi străpunsese inima cu un târnăcop.

-Nimeni? Cum poți să spui așa ceva?

-Ți-am zis că trebuie să mă gândesc.

-Nu ai spus în niciun moment că te desparți de mine!

-Dar tu ce crezi că înseamnă că *trebuie să mă gândesc*?

Cealaltă fată își agită un deget în fața lui Mauricio.

-Ce vrei să spui cu acest despărțit de ea? Credeam că suntem într-o relație exclusivă!

-Suntem, iubito, răspunse băiatul. Suntem.

-Stai o secundă, zise Cassie. Eu și Mauricio suntem împreună de cinci luni. Dorm aici în fiecare noapte, cu excepția zilelor de luni și marți.

-Eu lucrez de noapte la azil, completă cealaltă fată. Lunea și marțea sunt zilele mele libere.

Se răsuci nervoasă către Mauricio:

-Nenorocit fals ce ești, ne foloseai pe amândouă în același timp! I-ai zis că vom avea un copil?!

Cassandra se simțea de parcă cineva tocmai o plesnise drept în față.

-*Dacă* e al meu, răspunse tânărul ridicând din umeri.

-Cum poți să spui asta?

-Ţi-am mai zis, nu semnez nimica până nu văd un test de paternitate, la fel ca la toate celelalte panarame care au zis că sunt tatăl odraslei lor, continuă Mauricio. Câteodată sânt, alteori nu sânt.

Cassie îl asculta cu gura căscată. *Celelalte panarame?*

-Nenorocitule! izbucni cealaltă fată, dându-i o palmă peste față.

Mauricio o apucă de braţ şi o împinse înăuntru, trântindu-i uşa în faţă lui Cassie. Înăuntru, tânăra ţipă şi cineva pocni pe altcineva cu putere, însă Cassie nu putea fi sigură cine pe cine. Orbită de lacrimi, alergă în jos pe trepte, alunecând la ultimele patru şi căzând din nou în fund.

-Au, strigă ea, însă nimeni nu deschise uşa pentru a se asigura că era bine.

Suspinând isteric, se ridică şi şchiopătă mai departe, pe stradă, aruncându-se fără voie chiar în drumul unei maşini. Şoferul o claxonă cu putere. Cassie căzu şi aproape că alunecă sub roţile maşinii. Se ridică la timp pentru a auzi şoferul care îşi deschisese geamul şi o înjura.

-Uită-te pe unde mergi, idioato! Înainte să devii căprioară lovită!

-Îmi pare rău, zise Cassie plângând. Îmi pare rău!

Sări în propria maşină şi o porni, suspinând atât de tare încât mâna îi tremura pe cheie. Mirosul benzinei îi inundă nările. Fu nevoită să aştepte până când acesta se disipă, privind îndelung peste stradă, la luminile din apartamentul lui Mauricio, care străluceau asemenea unui far în întunericul nopţii. În spatele draperiilor, putea vedea două silete mişcându-se. Un bărbat şi o femeie. Figura masculină o trase pe cea feminină în braţele sale.

-Haide, haide, haide! murmură Cassie răsucind cheia din nou şi apăsând uşor pedala de acceleraţie.

Maşina porni la a patra încercare. Manevrând schimbătorul de viteze, fata demară şi se cufundă în traficul de pe aglomerata Şosea 28.

Luminile traficului erau dublate continuu, tocmai până la turnul Bell Tower Plaza, al mall-ului. Cassie privi îndelung către lanţul de magazine unde, la etajul al doilea, ea şi Mauricio luaseră lecţii de dans latino timp de şase săptămâni, în fiecare miercuri seara; după lecţii, ea mergea să doarmă la el. În tot acest timp nu făcuse altceva decât să își bată joc de ea! Fata își așeză capul pe volan, plângând, în timp ce scârțâitul ștergătoarelor care alunecau pe parbriz îi amintea că, dintre toate nopțile în care ar fi putut să o părăsească, Mauricio o alesese tocmai pe cea a Crăciunului.

De ce nu își ascultase prietenii când o avertizaseră că Mauricio o juca pe degete?

Mașina din spatele ei claxonă, obligând-o să vireze la dreapta. Zborul fulgilor se întețea din ce în ce mai mult, chinuindu-i ștergătoarele slabe și transformând drumul din față într-o ceață imposibil de pătruns.

Ce ratată era! Alergând după cineva despre care toți știau de la bun început că o înșela! Încercaseră să îi spună, dar ea nu ascultase. *Ce ratată!* Dacă nici Mauricio nu o voia, atunci cine Dumnezeu avea să o vrea? Întreaga viață i se înfățișa înaintea ochilor ca într-un film prost, în timp ce drumul se îngusta în dreptul Fermei pentru Tineri a Șerifului[3] și se unduia pe malurile lacului, creând fâșii de gheață sub zăpadă.

Se putea vedea zece ani mai târziu, lucrând la aceeași cafenea, pe un salariu minim. Sau chiar mai rău! Forțată să lucreze ture de noapte la azil, ca mama ei, curățând fecalele bătrânilor și fiind scuipată de oameni care mureau de Alzheimer. Avea să devină o femeie patetică, dependentă de alcool, ca mama sa? Sau să moară de insuficiență renală, asemenea tatălui, după o viață presărată cu prea multe petreceri și o boală despre care ea credea că era SIDA?

Mașina derapă chiar în dreptul unui semn de circulație galben aprins, care avertiza șoferii că autoritățile locale nu foloseau sare pe drumuri atât de apropiate de lac. Limita de viteză era de 50 km/h în acea zonă, însă majoritatea mergea cu 80 sau chiar mai mult, dacă vremea era frumoasă.

Cassie nu avea nicio idee unde se îndrepta, dar era evident că nu putea rămâne acasă la Mauricio, iar ultimul loc în care voia să ajungă era acasă, unde ar fi trebuit să o suporte pe mama ei. Ce i-ar fi putut spune?

---

[3] Organizație în care tinerii care prezintă riscuri sunt preluați și reabilitați, fiind învățați să aibă grijă de cai și să îi călărească. Majoritatea voluntarilor sunt agenți de poliție.

„Mămico... îți amintești acel moment în care ți-ai ridicat privirea de la sticla ta de Jack Daniels suficient de mult încât să îmi spui că, după părerea ta, Mauricio e exact ca tata? Ei bine, ghici ce, mamă?! Ai avut dreptate!"

Lovi colțul care se arcuia în direcția fagului bătrân, acel fag pe care vreun marinar îl plantase pe vremea când drumurile fuseseră construite pentru un unic vagon, nu pentru două mașini grăbite de-a lungul lacului. Ceasul arăta ora șapte și douăzeci și unu de minute. Conducea cu o viteză mult mai mare de 50 km/h, alunecând adesea, în timp ce cauciucurile se zbăteau să păstreze direcția pe gheață.

La naiba cu asta! La naiba cu toate! Ce ar fi spus Mauricio dacă ar fi aflat că ea se izbise cu mașina de un copac imediat după ce el încheiase relația dintre ei? I-ar fi spus, oare, că o iubea cu adevărat? I-ar fi spus că îi părea rău? Ar fi petrecut tot restul vieții sale regretând momentul în care o abandonase chiar în Ajunul Crăciunului?

Râzând scurt, Cassie întoarse volanul către fagul cel bătrân, imaginându-și bucuroasă toate lucrurile frumoase pe care oamenii prezenți la înmormântarea ei le-ar putea spune. Mașina continuă să derapeze, dar fata răsuci din nou volanul, dirijându-l spre copac în ciuda faptului că, în acel moment, cauciucurile erau îndreptate înapoi spre drum.

Ah, fir-ar să fie! Chiar voia să facă asta?

Înainte de a avea șansa să răspundă la propria întrebare, Fordul marca Taurus se izbi de arbore.

O durere zdrobitoare.

Ultimul lucru pe care îl mai recepționă fu sunetul claxonului care străpunse întunericul în momentul în care fața i se lovi de volan.

Capitolul Trei

Întuneric.

Frig.

Fata deschise ochii pentru a descoperi că fața îi era prinsă undeva între volan și coloana de direcție. Unde se afla? Și de ce nu purta centura de siguranță?

În jurul ei, șuiera un zgomot teribil.

„Mișcă-te de pe claxon, prostuțo! Coboară din mașină și fă semn vreunui trecător să te ajute!"

Deodată, se afla în afara mașinii. Pretutindeni era liniște, cu excepția vântului iernatic ce străbătea tăcerea. Totuși, nu simțea nicio briză răcorindu-i pielea, la fel cum nicio adiere nu tulbura căderea fulgilor de mărimea palmei care se așezau liniștiți pe drum, făcându-l alunecos.

Cassie își blestemă propria prostie. Ce *naiba* o făcuse să își direcționeze mașina către copac, chiar dacă fusese doar o glumă?

Bine, poate nu fusese chiar o glumă. Într-adevăr își dorise să facă asta pentru o clipă, dar apoi se răzgândise. Într-un fel... se răzgândise. De fapt, nu era foarte sigură *care* fusese intenția ei precisă. Dorința fusese una impulsivă, mânată de disperare și furie. Își scoase telefonul din buzunar și încercă să formeze un număr, însă nu avea semnal.

În regulă. Erau foarte multe case pe acest drum. Nu trebuia decât să meargă pe jos câteva sute de metri, chiar înainte ca drumul să se curbeze de-a lungul lacului. Își vârî mâinile în buzunare, dar, spre marea ei uimire, nu îi era frig. Bătu la ușa primei case la care ajunse, dar bărbatul care deschise privi drept prin ea, de parcă nici nu era acolo.

-Cine e, dragule? întrebă o femeie aflată înăuntru.

-Nu văd pe nimeni, răspunse bărbatul, holbându-se chiar la Cassie.

-Poate că sunt doar copiii vecinilor care fac vreo farsă, zise femeia. Sau poate sunt colindătorii?

Domnul își miji ochii spre locul în care aștepta fata.

-Nu văd urme de pași în zăpadă.

Bărbatul ridică din umeri și închise ușa exterioară de sticlă:

-Probabil că sistemul electric dă rateuri iarăși.

Trânti apoi ușa drept în fața lui Cassie, la fel cum o făcuse și Mauricio.

Ce Dumnezeu?! Nu vedea că avea nevoie de ajutor? Își șterse fruntea, așteptându-se să vadă sânge pe mâini. Își amintea vag modul în care capul i se lovise de parbriz, dar nu o durea și nici nu văzu vreo dâră de sânge.

Își făcu drum prin zăpadă până la casa următoare, dar și acolo lucrurile se petrecură la fel. Apoi la casa următoare, iar apoi la cea de-a patra. Cassie tremura, însă nu din cauza frigului, ci datorită unui sentiment teribil de groază pe care îl resimțea în timp ce se întorcea la mașină, sperând că va putea opri vreun șofer. *Cineva* trebuia să treacă pe acolo la un moment dat. Deși nu era un drum foarte aglomerat, Șoseaua Farmersville se bucura, totuși, de ceva trafic; chiar și în Ajunul Crăciunului.

Fata se opri în dreptul mașinii și privi înăuntru pentru a-și recupera poșeta. Pe volan, se afla răsfirată... ea?

-O, fir-ar să fie! Asta sunt eu!

Încercă să se trezească scuturându-și corpul, dar acesta nu se mișcă. Corpul ei? O, Dumnezeule! Nu se mai afla în propriul corp!

Cassie țipă, încercând în continuare să se trezească, dar efortul fu zadarnic. Într-un final, o făcuse- ceea ce niciodată nu fusese capabilă să ducă la bun sfârșit în toate acele momente în care se tăiase pentru că lumea devenise prea zgomotoasă pentru ea. Moartă. Era în sfârșit moartă. Și chiar mai rău decât atât, nu apăruse niciun tunel care să o conducă spre lumină, nu venise niciun Iisus să o întâmpine cu brațele deschise, și nicio rudă decedată nu o aștepta în vreo cameră mare și albă, nerăbdătoare să o primească înapoi în sânul familiei.

Îi era interzis accesul în Rai pentru că tocmai se sinucisese? Într-un fel se sinucisese. Ei bine, *poate* că se sinucisese. Nu era foarte sigură. Nu prea se gândise la ce ar fi însemnat să fie cu adevărat moartă atunci când își condusese Fordul Taurus spre fag; se gândise doar la ceea ce aveau oamenii să spună în momentul în care ar fi privit în sicriul ei și i-ar fi spus mamei sale cât de liniștită părea și cât de recunoscătoare ar trebui să fie că fiica ei se afla, în sfârșit, într-un loc mai bun.

Vântul puternic pe care îl remarcase mai devreme se înteți, asemenea unui animal uriaș și înfometat care cerea să fie hrănit. Acesta nu era *locul mai bun* pe care și-l imaginase. Își strânse brațele în jurul trupului, chiar dacă nu mai putea simți frigul.

-Acum ce?! strigă spre cerul fără stele.

Singurul răspuns pe care îl primi fu din partea vântului neînsuflețit și a fulgilor tăcuți care coborau spre propria moarte, pe pământ. Foșnetul a ceva ce părea să fie un porumbel care ateriza, însă mult, *mult* mai mare, îi atrase atenția spre văzduh. O siluetă mare și întunecată se pogora spre ea, menținându-se în aer mulțumită unei perechi uriașe de aripi, mai mari chiar decât mașina ei. Nu semăna câtuși de puțin cu pozele stupide pe care mama sa le agăță în baie lângă ramele cu rugăciuni pentru îndrumarea spirituală sau pălăvrăgeală Noii Ere despre chakra și prezențele Eu Sunt.

Îngerul era îmbrăcat din cap până în picioare în negru. Aripile lui erau atât de întunecate, încât străluceau cu irizări mov în lumina de pe stradă. Purta cizme de inginer din piele neagră, cu multe barete, genul acela pe care l-ar fi purtat motocicliștii. În plus, avea blugi de piele neagră mulați și un tricou negru care îi acoperea mușchii de pe piept- ar fi făcut orice model Abercrombie să pară nelucrat. Părul tuns scurt era la fel de negru ca aripile, iar de sub sprâncenele negre o priveau cei mai pătrunzători ochi violet-albaștri pe care îi văzuse Cassie vreodată, înconjurați de gene atât de lungi și groase încât părea că îngerul se dăduse cu tuș de ochi. Totuși, fata era sigură că efectul era unul natural. Pe mâini avea brățări din piele neagră, presărate cu țepi ascuțiți de crom, iar în jurul șoldurilor, prinsă destul de jos, stătea o curea pentru armă. La piept i se încrucișau, de asemenea, două curele de muniție, așa cum purtau pistolarii din vechile filme western. În locul gloanțelor el avea, însă, zeci de cuțite argintate și stele de aruncat.

Cassie își dădu seama deodată că ceea ce crezuse inițial că era o armă de paintball prinsă în dreptul coapsei era, cel mai probabil, o armă *reală*. La fel cum era și sabia de pe șoldul opus. Fata așteptă ca îngerul să facă vreun anunț solemn, precum „*înalță-te, Cassie, plină de grație!*", dar acesta nu făcea altceva decât să o privească îndelung, de parcă ar fi fost vreo ciudată.

-Ăă... Bună?

Cassie îi făcu încet și timid cu mâna.

-Bună, răspunse îngerul.

Nu se mișca nici măcar pentru a-și umfla aripile sau pentru a face vreun gest angelic, după cum își imaginase Cassie că s-ar comporta un înger.

-Ai venit ca să mă conduci spre Rai?

Îngerul se uită la ea cu o expresie lipsită de sentimente.

-Sau... ăă... știi tu...

Fata privi către zăpada de la picioarele ei, implicația fiind clară în ciuda faptului că nu se putea convinge să spună: „*sau să mă duci spre iad pentru că tocmai m-am sinucis.*"

Îngerul își strânse aripile la spate, dar nu îi răspunse. Continua să o privească într-un mod imposibil de descifrat, care o făcea să se simtă de parcă putea vedea drept prin ea mulțumită acelor ochi violet-albaștri. Cine știe, poate chiar *era* capabil să vadă drept prin ea? în final, ea nu mai era altceva decât o fantomă.

-Ai... ai venit să mă ajuți?

Îngerul se îndreptă.

-Nu. Pur și simplu zburam pe deasupra când am auzit o idioată strigând „acum ce?!"

Acesta aruncă o privire către mașina în care ea, sau mai precis trupul ei, încă zăcea răsfirat deasupra volanului.

-Nu ești vreun înger al morții sau ceva de genul ăsta, nu-i așa?

Îngerul dădu din umeri.

-Cu nimic mai mult decât orice alt înger, bănuiesc.

-Deci nu ești aici ca să mă conduci spre Rai?

Îngerul ridică umerii din nou.

-Nu e treaba mea.

-Dar a cui treabă e, atunci?

-Nu a mea, repetă îngerul. Nu e problema mea.

Se uită în jur, fără direcție, de parcă ar fi întârziat la vreo întâlnire. Apoi, își foșni aripile, pregătindu-se să se înalțe din nou.

-Așteaptă, spuse Cassie sărind către el. Te rog! Spune-mi ce trebuie să fac!

Îngerul privi în jur.

-Trebuie să mergi spre lumina pentru ca EA să te poată ghida către un nou trup.

-Credeam că ar trebui să merg spre Rai.

Îngerul pufni, de parcă răspunsul meu era amuzant pentru el.

-Raiul nu există, copilă. Ci doar viața aceasta, urmată de o scurtă escală într-un spațiu intermediar, și apoi de următoarea viață în care vei comite aceleași greșeli stupide până când îți vei da seama ce tot greșești.

-Adică nu e niciun Dumnezeu?

-Dumnezeu? râse îngerul. Sunt o mulțime de dumnezei, fetițo. Dar niciunul dintre ei nu are destul timp încât să ducă de mânuță un copil care tocmai s-a izbit în mod intenționat cu mașina de un copac.

-Deci *chiar* mă urmăreai! exclamă Cassie. Ești cumva îngerul meu păzitor?

-N-ai nici așa ceva, copilă.

Îngerul își încordă mușchii și privi îndelung către propria mână, de parcă ar fi fost plictisit. Cu toată sinceritatea, arăta mult mai bine decât Mauricio. Un gând obraznic străfulgeră mintea lui Cassie. Poate...

-Nici să nu te gândești, copilă.

Îngerul o privea cu dezgust:

-Chiar dacă nu aș avea cu... hm... câteva mii de ani mai mult decât tine, ultimul lucru pe care l-aș face ar fi să mă îndrăgostesc de o *copilă* care nu are capul fixat bine pe umeri.

O, super, deci putea să îi și citească gândurile.

-Aveam senzația că îngerii ar trebui să îi *aline* pe cei vii?...

Îngerul râse; un sunet neplăcut, dureros de puternic și dur.

-Ești moartă, copilă. Ai uitat?

Cassie îl privi cu răutate:

-Ești un înger *căzut?*

Îngerul râse chiar mai tare. Îi amintea fetei de fotbaliştii care făceau glume pe seama altora şi apoi râdeau cu toţii de ei, ca o echipă.

-Ascultă, copile, zise acesta. N-am venit ca să te salvez. Şi nu-s nici vreun înger căzut. Chiar dacă *n-ai* fi moartă, treaba asta nu e vreo poveste de dragoste paranormală în care un înger sexy cade din cer pentru a te salva din această existenţă atât de plictisitoare şi enervantă de muritoare. Tu... eşti moartă. *Te-ai omorât,* pentru că ai intrat cu maşina în copac.

Îngerul ridică din umeri şi continuă:

-Se întâmplă. Aşa că mergi spre lumină ca o fetiţă ascultătoare, ca să pot să îmi continui şi eu ziua asta oribilă.

-Care lumină?

-Lumina pe care se presupune că trebuie să o vezi când eşti moartă, răspunse îngerul. Trebuie să o urmezi până la coşul de reciclare pentru ca EA să te cureţe bine şi să te ghideze spre un corp *nou*, astfel încât să poţi începe procesul din nou.

-Din nou?

-Mda, răspunse îngerul. Viaţa e ca anii de liceu. Rămâi repetentă, iar Cea-Care-Este te pune să repeţi acelaşi an din nou şi din nou, până când îţi înveţi lecţiile şi reuşeşti să devii absolventă.

-Absolventă de ce?

Îngerul dădu din umeri:

-Habar n-am. Nu-s om, deci nu am aceleaşi probleme ca voi.

Cassie ştia că nu avea voie să fie furioasă, fiind moartă, dar era, fir-ar să fie! Cine Dumnezeu mai era şi tipul ăsta, înger sau ce era el? Darul lui Dumnezeu pentru...?

-Ţi-a mai zis cineva vreodată că eşti un idiot şi un nesimţit?

Îngerul râse:

-Vinovat, ce să zic...

-Cum te numeşti, îngerule?

-Eşti destul de curajoasă pentru o fată *moartă*.

-E o întrebare simplă! explodă Cassie. Cum te numeşti?

-Jeremiel, spuse îngerul, făcând o plecăciune asemenea celor care s-ar prezenta în faţa reginei, însă în derâdere. La dispoziţia dumneavoastră, doamnă!

-Nu sunt o doamnă, zise Cassie. Sunt doar Cassie. O fată.

-Încântat de cunoştinţă, Cassie, replică Jeremiel, pretinzând că se uită la ceas deşi, în mod evident, nu purta vreunul pe sub brăţările cu ţepi de la mână. Deci, dacă nu te superi, Cassie, sunt destul de ocupat în seara asta. Aşa că du-te spre lumină ca o fetiţă bună şi cuminte, ca să pot să-mi continui şi eu seara.

-Tot îţi spun că nu văd nicio lumină, răspunse Cassie. Doar întuneric. Şi sunetul ăla ascuţit şi îngrozitor, ca un urlet.

Jeremiel se încruntă.

-Zici că auzi un zgomot ca un urlet?

-Da, spuse Cassie. Devine din ce în ce mai puternic cu fiecare minut.

-Asta nu e bine...

Rânjetul ironic al lui Jeremiel se evaporă. O undă de teamă străbătu trupul fetei.

-Ce înseamnă asta? întrebă ea.

-Înseamnă că Nimicul va veni să te ia.

-Nimicul?

-Mda, răspunse Jeremiel. Ştii tu... cum se spune, la început era doar Nimicul, iar apoi un Dumnezeu nebun a distrus unicitatea şi următorul lucru care a apărut au fost cele două zeităţi ce joacă şah cu vieţile muritorilor.

-Biblia nu te învaţă chiar aşa, zise fata.

-Deci acum eşti un fel de expertă în Biblie?

-Nu am zis că aş fi vreo expertă.

-Bun, replică Jeremiel. Fiindcă jumătate din ea e greşită, iar cealaltă jumătate a fost tradusă de atâtea ori încât nimeni nu mai ştie ce naiba vrea să spună.

Cassie fu surprinsă de nepăsarea evidentă a îngerului faţă de o carte despre care ei i se spusese încă de la naştere că trebuie ascultată întocmai pentru că fiecare cuvânt este adevărat... chiar dacă *ea* nu credea că era adevărată. Aşadar, conform spuselor îngerului, era doar pe jumătate adevărată, ceea ce însemna deja cu 50% mai mult decât crezuse ea înainte. Şi, în final, care jumătate era bună? Şi cât de prost fusese, mai exact, tradusă? O traducere pe atât de proastă pe cât fusese şi şasele pe care îl obţinuse ea la ora de spaniolă în ultimul semestru de liceu?

-Nu eşti chiar cum mă aşteptam să fie un înger, zise Cassie.

-Dar la ce te aşteptai? o întrebă Jeremiel, privind-o cu o răutate tristă. Robe albe şi muzică la harpă?

-Nu, păi... de fapt, da, poate, răspunse Cassie. Cel puțin... nu la *tine*.

Jeremiel privi către zăpada care continua să cadă, iar apoi se răsuci pentru a scruta împrejurimile:

-Ești sigură că nu vezi nicio lumină, copile?

-Nimic, îl asigură fata.

Penele întunecate ale lui Jeremiel se înfoiară. Cassie le analiză îndelung, însă oricât s-ar fi ciupit, nimic nu le făcea să dispară de pe spatele a ceea ce părea, de altfel, să fie un tip Goth perfect normal, foarte înalt și teribil de arătos. Dacă ar fi știut că avea să o aștepte cineva ca *el* după toate acele sesiuni de tăiere a pielii de pe încheieturi și de holbat prelung la flacoanele cu pastile pe care își dorise să aibă curajul să le înghită și să își pună capăt vieții, probabil că ar fi făcut-o mai devreme.

-Încetează să te gândești la cum îmi mângâi penele și concentrează-te pe ce trebuie să faci ca să scapi de aici, copile, îi spuse îngerul, iar atitudinea lui mohorâtă dispăru. Spiritele ca tine... voi nu rezistați mult înainte ca ceva malefic să pună mâna pe voi și să vă sece de puteri.

-Credeam că ai zis că nu există Raiul, remarcă fata.

-Chiar am zis, răspune Jeremiel, ochii săi albaștri părând a fi bântuiți. Dar nu am zis și că nu există Iadul.

Capitolul Patru

În stomacul lui Cassie se instală o senzație pe care ar fi putut poate să i-o mai dea doar înghițirea unei cărămizi.

-Chiar există Iadul?

Aripile mov-negre ale lui Jeremiel se înfoiară înspre văzduh, amintindu-i fetei despre cele ale unui șoim cu coada roșie pregătit să se năpustească asupra capului său. Cândva, fusese într-atât de prostuță încât să urmărească intens un astfel de exemplar, care zbura de pe un stâlp de electricitate pe altul și scotea strigăte pronunțate către ceva de la nivelul solului; deodată, însă, se trezise cu fața învăluită în gheare, pentru că se apropiase mult prea mult de puiul păsării de pradă. Urmă cu degetele conturul cicatricii care se prefigura de-a lungul templelor, asemenea lui Harry Potter.

Făcu un pas înapoi.

-Ascultă, copilă, zise Jeremiel pășind către ea. Indiferent de ce anume te ține aici, trebuie să te desprinzi de el. Se întâmplă niște lucruri foarte nasoale în spațiul ăsta intermediar. Lucruri care o să te devoreze.

Cassie își sprijini capul de mașina distrusă. Metalul părea ciudat de maleabil, de parcă ar fi *putut* să treacă prin el dacă și-ar fi dorit. De fapt, nu își amintea să fi deschis portiera la un moment dat.

-Încetează, șopti ea. Mă sperii.

-Nu-mi bat joc de tine, copile, răspunse Jeremiel. Mergi mai departe. Scapă de aici. Tai-o!

Cuvintele lui sunau dur, dar ceea ce le făcea cu adevărat teribile era expresia feței lui. Stătea atât de aproape de fată, încât aceasta ar fi putut pur și simplu să își întindă mâna și să îi atingă pieptul musculos, brăzdat de curelele de cuțite și de arme. Arme *reale*. Nu genul acela de lucruri pe care le purtau „skinheazii" pentru a părea periculoşi.

Îngerul avea în jur de doi metri înălţime, fiind chiar mai înalt decât Mauricio, iar sub bărbie i se iveau trei cicatrici rotunde, care arătau de parcă ceva şi-ar fi avut odată capul prins în gura lui şi ar fi încercat să îl muşte... ca în fotografie pe care Cassie o văzuse cu acel tip australian care aproape că fusese înghiţit de un aligator. Deasupra încheieturilor, Jeremiel avea de asemenea o cicatrice cu formă neregulată, care dispărea sub tricou, iar linia părului îi era marcată de patru urme de gheare ce îşi urmau traseul sub părul negru şi des.

-C-c-ce fel de lu-lu-lucruri? se bâlbâi Cassie.

-Lucruri *rele,* răspunse îngerul şi se aplecă astfel încât faţa lui să fie la acelaşi nivel cu al ei. Foarte rele. Deci indiferent de ce te ţine aici, să ştii că nu merită. Scapă de el şi mergi spre lumină.

Cassie înghiţi în sec.

-Nu văd nicio lumină.

-Ai omorât vreodată pe cineva?

-Nu.

-Ai făcut vreodată ceva de-a dreptul malefic? De exemplu, ai dat mărturie falsă împotriva cuiva care a fost apoi condamnat la moarte sau şi-a petrecut întreaga viaţă în închisoare?

Cassie înghiţi din nou în sec.

-Se pune dacă am dat vina pe Jackie Souza în clasa a doua şi am zis că el a mâzgâlit pe tabla albă cu marker permanent?

-Nu.

Cassie aruncă o privire peste umăr, spre locul în care corpul ei zăcea răvăşit în maşină, aruncat deasupra volanului.

-Nu poţi să mă bagi cumva înapoi în corpul meu?

-Nu ţine de mine, copilă.

Ochii fetei se umplură de lacrimi. Avea doar optsprezece ani, pentru Dumnezeu! Iar acum nu numai că era moartă, dar mai şi rămăsese cumva prinsă într-un soi de purgatoriu cu un înger care voia ca ea să o taie mai repede de acolo. Dintre toate modurile idioate în care putea încheia noaptea deja idioată de Ajun, acesta probabil că era cel mai stupidoafurisitoteribil.

-O, băiete... zise Jeremiel. Nu face asta!

-C-ce? suspină Cassie.

-*Asta,* răspunse îngerul, părând să se simtă inconfortabil.

-Nu ştiu ce am făcut greşit! zise Cassie suspinând în continuare.

-Dar dintre celelalte şapte păcate capitale?

-Parcă ziceai că nu e niciun Rai şi că zeilor nu le pasă.

Fata îşi suflă nasul în mâneca hainei. Expresia lui Jeremiel deveni mai blândă.

-Nu am zis că nu le pasă, răspunse el. Am zis că sunt prea ocupaţi rezolvând probleme mai mari, aşa că nu au timp să se ocupe de oameni, transmiţând răspunsuri către rugăciuni, ca un fel de lucrători de la McDonald's.

Pieptul lui Cassie se cutremură în timp ce aceasta încerca să îşi controleze plânsul.

-Îmi e frică.

-Ştiu că îţi este, zise Jeremiel mângâindu-i obrazul. Doar nu plânge, bine? O să rezolvăm cumva. Iar apoi tu o să mergi spre lumină şi eu îmi voi continua ziua.

O mângâia doar cu un deget, însă întreaga lui mână emana o putere reconfortantă, singura senzaţie pe care o simţise de când murise în afară de propria suferinţă.

-E noapte, îl corectă fata.

-Mă rog...

Cassie se întinse pentru a-i atinge aripile. Jeremiel le trase înapoi.

-Nu!

-Vreau doar...

-Nimeni nu îmi atinge aripile, îi spuse îngerul. Ai priceput? Dacă vrei să te ajut, atunci trebuie să stabilim nişte reguli. Regula numărul unu: nu îmi atinge aripile.

-De ce?

-Ţie îţi place când vreun tip te apucă de fund? o întrebă Jeremiel.

-Nu.

Jeremiel îşi strânse aripile mai bine la spate; părea aproape uman.

-Deci ne-am înţeles, da? Tu nu îmi atingi aripile şi eu nu te apuc de fund.

-Bine, răspunse Cassie trăgându-şi nasul.

Îngerul făcu un pas înapoi şi îi întinse o mână. Fata ezită, însă apoi o strânse. Acelaşi sentiment reconfortant o făcu să se simtă pentru o clipă ca şi cum ar fi fost încă în viaţă.

-Unde mergem?

-*Tu* să-mi spui!

-E ca în filmul „O viață minunată" și urmează să îmi arăți ce s-ar fi întâmplat dacă nu m-aș fi născut niciodată?

-De asta ai nevoie ca să te fac să pleci odată de aici?

Cassie se gândi îndelung la această posibilitate.

-Mnu, răspunse în final. Încă de când a părăsit-o tata, mama nu a ratat niciun moment să îmi spună cât de bună ar fi fost viața ei dacă nu m-ar mai fi avut și pe *mine*. Nu am făcut nimic altceva decât să mă gândesc la lucrurile astea în ultimii optsprezece ani.

Obrazul lui Jeremiel tresări. Ochii lui întunecați căpătară o expresie dură, dar nu părea să fie supărat pe *ea*.

-Uneori oamenii spun lucruri pe care nu vor cu adevărat să le spună.

-Ei bine, chiar suna de parcă *voia* să spună asta, replică fata.

Durerea dintotdeauna, pe care o purtase înăuntrul ei încă din ziua în care tatăl o părăsise, reveni în piept. Pieptul ei *mort*, trebuia să își amintească.

Jeremiel privea dincolo de ea, către întunericul care devenise chiar mai zgomotos de când vorbeau; părea că se gândește la ceva. Când în sfârșit se uită din nou la Cassie, avea în ochi o urmă de determinare, de parcă îngerii aceia trecuți sau viitori pe care îi putea vedea îi dăduseră o idee.

-Bine atunci, spuse el. Prima oprire, Orașul *Nu-E-Totul-Doar-Despre-Tine*.

Își umflă aripile mov-negre. Cu o străfulgerare de lumină, fură deodată teleportați către un alt loc.

Capitolul Cinci

Cassie gâfâi în timp ce un frig mai puternic decât oricare altul pe care îl resimţise până atunci o învăluia; înainte de a apuca să ţipe, însă, Jeremiel o trase de partea cealaltă a oricărui loc era acela în care o adusese.

-Ce nai...?

Expletiva se stinse pe buzele fetei pe măsură ce aceasta recunoştea împrejurimile. Acasă. Era acasă. Doar că nu era acel apartament murdar de la parter pe care îl împărţea *acum* cu mama ei, ci acela pe care îl cumpăraseră cu doar câteva luni înainte ca tatăl său să le abandoneze.

O versiune mai tânără, de aproximativ cinci ani a ei, evident încă în viaţă, stătea în genunchi pe canapea, privind pe fereastră. Chipul mic i se desluşea prin crăpătura dintre perdelele de dantelă, iar nasul sprijinit de geam îi îngheţa cu puţin mai mult de fiecare dată când respira, datorită frigului de afară.

Fusese o casă drăguţă, înainte ca mama ei să înceapă să bea toţi banii necesari pentru a o păstra. O casă reală, cu un gard alb şi o baie mică lângă bucătărie.

-Unde suntem? întrebă Cassie.

-Tu să-mi spui, răspunse Jeremiel strângându-şi aripile la spate pentru a nu dărâma bradul de Crăciun. *Tu* ne-ai adus aici.

-Eu? Nu am făcut eu asta. Tu ai făcut-o.

-Vrei să încetezi să te mai cerţi cu mine şi să faci odată ce ai de făcut, din moment ce am venit aici? o mustră Jeremiel.

Cassie îşi încreţi nasul. Îşi amintise întotdeauna această casă drept una fericită, dar acum că se întorsese îşi dădea seama că locuinţa mirosea îngrozitor a mucegai. Bradul de Crăciun era exact aşa cum şi-l amintea; strălucitor, ca un far luminos de speranță în ceea ce fusese, de altfel, o perioadă foarte întunecată a vieții ei. Restul casei era însă vizibil ponosit. După cum își putea aminti, nu se afla niciun cadou sub brad în acel an. Nici măcar unul singur.

-E mai mică decât îmi amintesc, spuse fata.

Jeremiel arătă către fetița care aștepta la fereastră.

-Toate lucrurile par așa când ești copil.

Cassie păși către copilă pentru a o analiza. Pentru a se analiza. Micuța Cassie sufla pe suprafața rece a geamului și trasa inimioare în condensul creat.

-Poate să ne audă? întrebă Cassie cea mare.

-Nu, răspunse Jeremiel. Ești moartă. Ai uitat?

-Ți-a mai zis cineva că ești un nenorocit?

Jeremiel își înfoie aripile nonșalant. Briza produsă de acestea făcu ornamentele din brad să se clatine ușor.

-Ce așteaptă? o întrebă îngerul.

O durere veche se cuibări din nou în inima fetei.

-Pe tata. Trebuia să vină să mă ia și să mergem împreună la el acasă pentru a sărbători Ajunul Crăciunului.

-Trebuia?

-Nu a mai venit, oftă Cassie. Mama spune că s-a îmbolnăvit.

-Când s-au despărțit părinții tăi? întrebă Jeremiel.

-Tata a fost mereu o figură pasageră în viețile noastre, răspunse fata. Nu putea să suporte faptul că mama se tot lua de el. Așa că îi plăcea să îi dea câte o lecție plecând.

-De ce nu pleci și *tu* de lângă ea? insistă îngerul.

Cassie se juca absentă cu manșeta hanoracului. Chiar așa... *de ce* nu se ridica și pleca, pur și simplu?

-Spune că asta i-ar frânge inima și ar muri.

-E singurul motiv?

Cassie privi către fetița care se holba pe fereastră, așteptând un tată ce nu avea să apară niciodată.

-Unde aș putea să mă duc?

Expresia lui Jeremiel deveni mai blândă.

-Oamenii subestimează importanța unui loc la care să se poată întoarce. Un fel de sanctuar. Și o familie pe care să te poți baza.

-Ce știi tu? spuse Cassie. Tu ești înger.

-Și îngerii au familii.

-Credeam că îngerii au fost creați de Dumnezeu.

-Nu te-ai întrebat niciodată de ce cartea Genezei se referă la Dumnezeu folosind cuvântul „noi"?

-Ăă... nu? Nu m-am gândit nici măcar o secundă la asta.

-Cu toții am fost creați de zeități care au tot încercat să îmbunătățească munca celor dinainte, explică Jeremiel. Toți colaborând cu evoluția naturală, continuă el cu un zâmbet răbdător, de parcă vorbea cu o școlăriță. Deci, da, cu toții am fost creați de un zeu, și da, cu toții am fost creați ca urmare a evoluției naturale. Dar... și eu am o mamă și un tată, la fel ca tine. Și frați. Mulți frați.

-E și familia ta la fel de dată peste cap ca a mea? întrebă Cassie.

Expresia lui Jeremiel era melancolică.

-Nu, răspunse acesta. Dar avem și noi zile în care mi-ar plăcea să îi strâng de gât. Exact ca tine.

-Eu nu am niciun frate, zise Cassie.

-Ba da, ai.

-Sunt singură la părinți, insistă fata.

-Ești singurul copil al *mamei* tale, clarifică Jeremiel, iar zâmbetul îi dispăru. Dar ai trei frați și o soră din partea tatălui.

-Tata are mai mulți copii?

Jeremiel îi întinse mâna plin de compasiune; sau cel puțin cu atât de multă compasiune câtă putea demonstra un înger de doi metri îmbrăcat Goth.

-Vino. Am sentimentul că ceea ce trebuie să vezi aici e în cealaltă cameră.

Cassie îi strânse mâna, remarcând din nou acele furnicături plăcute. Nu era prima dată când avea acest gen de senzații, dar nu le asociase niciodată unei persoane reale. Se întreba dacă aceasta era cu adevărat prima dată când Jeremiel apăruse prin preajmă. Sau poate că vreun alt înger trecuse prin cameră și ea îl simțise?

Jeremiel o conduse în bucătărie. La fel ca sufrageria, și această încăpere era mai mică decât își amintea fata, și mult mai ponosită, având dulapuri de un maro închis și un blat de bucătărie portocaliu, care contrasta puternic cu cârpa și prosoapele de bucătărie albastre ale mamei sale.

Mama ei stătea la masă și vorbea la telefon, sprijinindu-și capul în mâini în timp ce privea mormanul de facturi adunat în fața ei.

-Cum se presupune că ar trebui să îi asigur un acoperiș deasupra capului dacă tu nu plătești pensia alimentară?

Cassie nu putea auzi ce spunea interlocutorul, însă având în vedere natura conversației, presupuse că mama sa vorbea cu tatăl.

-Cum adică *eu* ar trebui să o cresc pentru că am o slujbă? De ce nu îți faci și *tu* rost de una?

Urmară mai multe alte sunete înfundate pe care Cassie nu le putea distinge.

-Nu îmi pasă dacă judecătorul a stabilit că trebuie să îi plătești pensie alimentară iubitei tale întâi, strigă mama ei în telefon. Erai căsătorit cu *mine* când ai lăsat-o însărcinată. Ar trebui să îmi plătești *mie* întâi! Nu unei parașute care a ajuns înaintea mea la tribunal!

Furia latentă pe care o simțea față de mama ei pentru că îi alungase tatăl se izbea acum de oroarea de a descoperi că ceea ce Jeremiel tocmai îi spusese era adevărat. Atunci când crescuse, mama începuse să facă aluzii cu privire la faptul că tatălui ei îi plăcuse să se joace cu femeile, însă niciodată nu îi dezvăluise motivul real al despărțirii- că el o înșelase cu altcineva. Din câte știa fata, mama sa pur și simplu o ținuse departe de tată și aceasta era situația.

Cassie se întoarse către Jeremiel:

-Spune-mi că nu e adevărat.

Jeremiel nu privi către ea, ci către mama ei. Avea o expresie sumbră. Cassie își dădu seama că îngerul încă o ținea de mână, iar strânsoarea lui era atât de puternică încât îi provoca durere; sau cel puțin i-ar fi provocat dacă nu ar fi fost deja moartă.

-Ascultă, urlă mama ei în telefon. Nu poți pur și simplu să apari în Ajunul Crăciunului, să-ți iei copilul la o plimbare și la o masă, iar apoi să o arunci până data viitoare când mama ta vrea să-și expună nepoții la întruniri de familie! Dacă nu ai de gând să o susții, nu o mai vezi!

Cassie auzi cum tatăl său trânti receptorul, chiar dacă era de partea cealaltă a telefonului.

-Alo? Alo?

Mama ei apăsă butonul telefonului. Trânti apoi la rândul său receptorul şi îşi îngropă faţa în mâini, începând să plângă. Jeremiel păşi în spatele ei şi se întinse pentru a lua facturile.

-Vezi? spuse Cassie cu o voce slabă. Am avut dreptate. Ea l-a alungat.

-Chiar crezi că a făcut-o?

Jeremiel îi întinse facturile şi aşteptă până când fata le luă.

-Ce vrei să fac cu astea?

-Citeşte-le.

Cassie privi îndelung către mama ei, care plângea, şi apoi aruncă o privire la facturi. În bani actuali, erau mai puţini decât ar fi fost în prezent, dar printre ele se afla şi carnetul de cecuri al mamei sale. Pe roşu, ca întotdeauna.

-Nu s-a descurcat niciodată cu banii, zise fata.

Jeremiel îşi înclină capul către facturi.

-Ăla e fluturaşul ei de salariu?

Cassie îl examină:

-Da.

-Câte ore a lucrat săptămâna trecută?

Cassie identifică numărul:

-Şaizeci şi şapte.

-Şi cât câştigă pe oră?

Cassie găsi şi acest număr:

-5,70 de dolari.

-Adică aproape la fel ca tine acum? întrebă Jeremiel.

Cassie îşi dădu seama ce încerca să spună şi contră:

-E diferit.

-Cum e diferit?

-Eu nu am un copil de crescut, răspunse fata. Dacă aş avea, aş căuta un loc de muncă mai bun.

-Unde?

Da. Unde? Câte aplicaţii trimisese în alte locuri, doar ca să afle că nu ofereau decât joburi part-time?

-Cine are grijă de micuţa Cassie cât mama ta e la serviciu? insistă Jeremiel.

-Bona.

-Şi cine plăteşte bona?

Cassie putea simţi laţul proverbial strângându-i-se în jurul gâtului. Jeremiel nu îi aşteptă răspunsul, însă, ci se aplecă pentru a şopti ceva în urechea mamei ei. Aceasta ridică privirea de parcă l-ar fi auzit, iar apoi merse direct către dormitor şi se târî sub pat.

-Ce face? întrebă Cassie.

-Priveşte.

Mama sa scoase o cutie veche şi căută prin ea. Erau lucruri de demult, lucruri care îi aparţinuseră atunci când fusese mică. Cassie îşi putea aminti ziua în care bunica ei trimisese o maşină cu toate aceste cutii, alături de un bilet în care îi spunea mamei sale că o dezmoşteneau. În final, femeia găsi ceea ce căuta şi o scoase la suprafaţă. O păpuşă ponosită, care probabil că fusese a ei în copilărie. O sărută pe frunte, o împachetă în cutia de pantofi de alături şi adăugă şi un schimb de haine pentru păpuşi lângă ea.

-Nu-mi amintesc să fi primit păpuşa aia de Crăciun, zise Cassie.

-Nu? întrebă Jeremiel.

Mama sa păşi în afara dormitorului, care, la fel ca toate celelalte încăperi din casă, era mult mai mic şi avea un aspect mult mai vechi decât se prezenta în amintirea idealizată a fetei. Dintr-o dată...

-Ah, da. Îmi amintesc păpuşa aia.

Jeremiel dădu nonşalant din umeri, dar Cassie putea să jure că ascundea urma unui zâmbet scurt.

-L-ai modificat, nu-i aşa?

-Timpul nu e ceea ce cred oamenii că este.

-Mi-ai modificat trecutul.

-Doar am şoptit o soluţie pentru o problemă, replică îngerul. Mama ta a făcut asta. Nu eu.

-Ce problemă?

-Motivul pentru care se tot certa cu tatăl tău, de fapt.

-Că nu avea bani să plătească facturile?

-Că nu avea bani să îţi cumpere *ţie* cadouri de Crăciun, spuse Jeremiel, arătând către hol. Asta e ceea ce îşi aminteşte mama ta cel mai mult în legătură cu acest Crăciun. Nu că tatăl tău a încetat să mai vină, nici că aţi pierdut casa din cauza ipotecii câteva luni mai târziu şi aţi rămas fără locuinţă. Ci că acesta a fost Crăciunul în care ea a eşuat ca mamă a ta.

-*Chiar* a eşuat ca mamă, răspunse Cassie.

-Serios?

Cassie privi către hol:

-Tata nu a venit, insistă ea. Şi nu am avut niciun cadou sub brad a doua azi. Doar pe mama, care tot bodogănea că e vina tatei.

-Şi într-adevăr *era* vina lui.

Cassie se uită în altă parte. Jeremiel îi întinse mâna.

-Vino, spuse el. Mai e ceva ce trebuie să vezi.

Capitolul Şase

De această dată, Cassie nu se mai sperie atunci când Jeremiel o smulse spre acel spaţiu de mijloc în care se simţea de parcă era în cadere liberă. Se aşteptase ca îngerul să o ducă să îşi vadă tatăl, dar, în schimb, era luna august şi se afla de această dată înghesuită pe locul din spate al maşinii lui Mauricio. Cassie cea încă în viaţă şi Mauricio erau pe locurile din faţă, prinşi într-o discuţie aprinsă despre posibilitatea ca fata să plece la facultate.

Jeremiel stătea afară, în dreptul ferestrei, şi privea în interior. Cassie se îndoia că ar fi încăput, chiar dacă ar fi încercat. Se întrebă cât de mare era diametrul aripilor lui.

-De ce suntem aici? întrebă ea.

-Tu să-mi spui.

Tânăra se privi certându-se cu iubitul ei- corecţie, *fostul* ei iubit, un nenorocit care juca pe două fronturi. Faptul că acum ştia exact ce idiot era nu ajuta prea mult în a îndulci durerea pe care o resimţea uitându-se la acest băiat cu trăsături deosebit de frumoase şi întrebându-se, ca de fiecare dată de când erau împreună, ce făcuse pentru a merita un asemenea iubit arătos.

Îngerul cu aripi întunecate, care era chiar *mai* arătos şi devenea treptat povara existenţei ei, o împunse în dreptul umărului.

-Fii atentă, copilă, îi zise el. Nu am toată noaptea la dispoziţie.

Cassie îşi recompuse expresia feţei, formând-o pe cea pe care o folosea cel mai adesea pentru a-şi bate joc de vreun client pe la spate, când nimeni nu era atent. Era expresia care îl făcea întotdeauna pe Ezra să râdă. Jeremiel arătă însă către cuplul care se certa în faţă.

Cassie cea în viaţă încerca să îşi facă iubitul să înţeleagă.

-Dar bunica mi-a spus că pot să locuiesc cu ea şi să merg la U-Mass Amherst pentru cursurile de la seral, zicea ea. Ai maşină. Poţi să vii să mă vizitezi la fiecare sfârşit de săptămână.

-Deci mă părăseşti pentru o amărâtă de şcoală?

În timp ce vorbea, Mauricio îşi accentua cuvintele prin gestică, un obicei pe care Cassie cea în viaţă îl adorase dintotdeauna. Cassie cea moartă remarcă însă cât de intimidant părea ca un bărbat atât de masiv precum Mauricio să îi înfigă în repetate rânduri degetul în piept.

-Nu te părăsesc, replică fata în viaţă. Doar... Habar n-am, nu vreau să rămân prinsă aici toată viaţa.

-Dar credeam că mă iubeşti, scumpo, se încruntă Mauricio. De ce vrei să pleci şi să mă laşi în urmă? E cumva fiindcă mama ta zice că nu-s destul de bun pentru că-s brazilian?

-Nu îmi pasă ce spune mama, răspunse Cassie cea în viaţă. *Chiar* te iubesc, dar vreau să fac ceva cu viaţa mea, nu să ajung o bătrână plină de amărăciune, ca mama.

Fata în viaţă se apleacă spre Mauricio şi îi mângâie obrazul, având privirea cuprinsă de vinovăţie. Fata moartă observă însă repeziciunea exagerată cu care Mauricio dădea din sprâncene, asemenea unei fete care încerca să manipuleze.

-M-ai implorat să iau Corolla asta, insistă Mauricio, iar acum îmi zici că nici măcar n-o să stai pe-aici ca să mă ajuţi s-o plătesc?

Cassie cea moartă simţi că ameţeşte, de parcă întreaga lume se învârtea, iar ea era pe cale de a fi atrasă într-un fel de scurgere uriaşă de la vreo cadă.

-Nu aşa îmi amintesc eu cearta asta, spuse ea privind cu răutate către Jeremiel. Ai schimbat şi asta?

-Nu încă, răspunse îngerul. Poate că ar trebui să fii atentă la lucrul pe care ai venit să îl vezi.

-*Eu* am venit să îl văd? Nu am cerut să fiu aici!

-Hei, zise Jeremiel ridicând mâinile în semn de apărare. Eu doar te-am adus unde aveai nevoie să simţi că s-a încheiat povestea. Ţine de *tine* să îţi dai seama ce te supără aşa de tare în momentul ăsta.

Cassie cea moartă se concentră din nou asupra discuţiei.

-E maşina *ta*, spuse Cassie cea vie. Eu doar ţi-am zis să o cumperi când ai spus că Toyota Corolla a fost dintotdeauna maşina visurilor tale.

-Nu *asta* ai spus, târfă!

Mauricio o înşfăcă pe fata vie, strângând-o de fularul negru şi lung pe care îl purta înfăşurat în jurul gâtului în locul gulerului.

-Ai spus că întotdeauna ai visat să te dai mare în faţa prietenaşilor tăi Goth, cu mămici şi tătici bogaţi; trimişi la facultate cu bilet întreg. Aşa că am cumpărat-o. Am cumpărat maşina ca tu să le poţi arăta că eşti în stare să reuşeşti şi *fără* treaba asta cu facultatea a fetelor bogate.

Cassie cea moartă înghiţi în sec în acelaşi timp cu versiunea sa vie. Da. *Chiar* spusese ceva de genul acela.

-Îmi pare rău, zise fata vie.

Cea moartă privi către îngerul care aştepta în afara maşinii, cu braţele încrucişate în dreptul pieptului musculos, părând plictisit.

-Chiar am spus asta.

Ochii violet-albaştri nepământeni îi sfredeliră pe ai ei, gri, de parcă ar fi putut să vadă drept prin ea.

-I-ai spus şi că o să plăteşti maşina?

-Ăă...nu, răspunse Cassie. Cel puţin... nu sunt foarte sigură.

-De asta nu ai mers la facultate când mama tatălui tău ţi-a zis că poţi locui cu ea?

Cassie cea moartă privi spre locurile din faţă, unde Mauricio juca aceeaşi carte a vinovăţiei pe care Cassie cea vie şi-o amintea atât de bine; cartea care o făcuse să îi promită că îi va da o treime din salariul ei săptămânal pentru a-l ajuta să plătească maşina pe care „i-o datora".

Ce putea spune? Că Mauricio păruse o varianta mai bună decât ideea de a-şi asuma un risc şi de a locui cu mama tatălui ei la momentul respectiv? Bunica sa se comportase ciudat de fiecare dată când o vizitase- iar ocaziile fuseseră puţine- şi nu făcuse altceva decât să o vorbească de rău pe mama ei.

-Adică la fel cum o tratezi şi tu pe mama ta acum? comentă Jeremiel din spatele fetei. Ce s-a întâmplat cu „Cinsteşte pe tatăl tău şi pe mama ta, ca bine să-ţi fie şi mulţi ani să trăieşti pe pământ"?

-Parcă Biblia era o prostie.

-Cele Zece Porunci sunt reale.

Jeremiel îşi ridică unul dintre picioarele musculoase şi îl sprijini de anvelopa maşinii lui Mauricio.

-Altădată erau douăzeci, nu zece, continuă el. Zece reguli de bază ca să trăiți în armonie și voi tot o dați în bară...

-Taci! mârâi Cassie către el.Vreau să aud asta.

Da. Acesta era momentul care îi rămăsese înfierat în minte, momentul în care Mauricio își declarase dragostea. De această dată, însă, Cassie cea vie fu cea care îi spuse lui Mauricio că îl iubea și îi jură că avea să îi fie întotdeauna alături, oricând ar fi avut nevoie de ea. Nu Mauricio *ei*, după cum părea să își amintească.

-Ai schimbat și asta? îl întrebă pe Jeremiel.

-Nu.

-Dar îmi amintesc foarte bine...

-În câte luni a zis fata cealaltă că era însărcinată? o întrerupse îngerul.

-Cinci.

-Iar momentul ăsta s-a întâmplat în...

-August, răspunse Cassie. Chiar în perioada în care el... ăă...

Fata își acoperi ochii cu mâinile, căci nu își dorea să fie obligată să își privească versiunea vie dându-și jos blugii pentru ca Mauricio să se poată culca cu ea chiar pe scaunul din față al noii lui mașini second-hand, marca Toyota. El se cățără pe deasupra schimbătorului de viteze din mijloc și trase de mânerul care ajusta scaunul. Acesta se aplecă spre spate, astfel încât chipul lui Cassie cea vie era acum chiar în fața lui Cassie cea moartă.

-Auzi, nu te supăra?!... se răsti Cassie la Jeremiel.

-Hei... sunt de ceva timp prin lumea asta, îi răspunse îngerul cu o figură amuzată. Crede-mă, am văzut tot ce se putea vedea.

-Ei bine, nu ai văzut tot ce se putea vedea la *mine*! replică ea și înșfăcă resturile sandvișului ei McDouble, aruncându-l drept în fața lui Jeremiel.

Acesta se răsuci pe călcâie, privind în direcția opusă. Tot ce mai putea Cassie să vadă în acel moment era împreunarea aripilor sale mov-negre. Penele lui strălucitoare și negre o tentau. *Orice* era mai bine decât să se privească pe sine însăși renunțând la propria virginitate pentru un bărbat despre care știa acum că nu o iubise niciodată.

Jeremiel își încordă aripile dincolo de raza ei de acțiune, fără a se întoarce pentru a o privi.

-Aveam o înțelegere, îți amintești?

-Parcă te uitai în altă parte.

-Încă pot să îți citesc gândurile.

-Ah...

Cassie își înfipse degetele în urechi pentru a nu auzi cum Mauricio grohăia asemenea unui porc. În timp ce Cassie cea vie și Mauricio „o făceau", telefonul lui se aprinse, fiind pe modul silențios. Cassie cea moartă se întinse dincolo de spatele încordat al băiatului și înșfăcă telefonul, nerăbdătoare să se distragă de la priveliștea neîngrădită a feselor lui musculoase. Rămase cu gura căscată când citi mesajul:

> *Hei, iubitule,*
> *îmi pare rău. Am împrumutat bani de la*
> *fratele meu ca să te ajut să-ți plătești chiria. Vii*
> *să stai cu mine mai târziu, cum ai promis?*
> *Cu drag...*
> *Melita"*

Melita? Deci acesta era numele celeilalte femei?

-Idiot afurisit, în stare doar de mințit și de înșelat! strigă Cassie.

În afara mașinii, Jeremiel începu să râdă. Acest lucru nu făcu decât să o înfurie și mai tare pe fată.

-Să înțeleg că ai primit ce îți trebuia? întrebă el.

-El... el... mă juca pe degete și mă înșela în tot acest timp.

Se lansă asupra nenorocitului care își tot făcea de cap cu versiunea ei vie, dar își scrâșni dinții frustrată în momentul în care mâinile ei îi trecură de-a dreptul prin spate. Încercă să îl lovească, însă nu ajută la nimic, pentru că el nu putea să o simtă.

Cassie cea vie strigă și începu să verse lacrimi de fericire.

Cassie cea moartă voia să îl ucidă.

Cassie cea vie își strânse hainele la piept și se ridică.

-Chiar mă iubești? întrebă ea.

-Nu! țipă tânăra moartă. Nu trebuia să o fi spus tu prima, idioato!

-Da, iubito, sigur că da, minți Mauricio printre dinți.

Cassie aruncă telefonul mobil spre el. Rată ținta, iar acesta se rostogoli pe bord până căzu în poala fetei încă în viață. Ea îl ridică.

-Uită-te la el, proasto! țipă Cassie cea moartă către versiunea ei vie. Uită-te să vezi de la cine e! Vezi numele? Melita! Ăla e numele iubitei lui însărcinate!

-Dă-mi ăla, spuse Mauricio, zâmbindu-i ademenitor tinerei.

Aceasta îi întinse telefonul fără ca măcar să arunce vreo privire la ecran. Mauricio se uită la el și rânji, după care îl aruncă într-un sertar de la ușa mașinii, unde Cassie cea vie nu avea nicio șansă să îl mai vadă.

-Ahhh! exclamă Cassie cea moartă, lovind cu putere în spătarul scaunului lui Mauricio. Ce om de rahat!

-Ai ceva ce ți-ai dori să îți șoptești? o întrebă Jeremiel din afara mașinii. Până la urmă, tocmai te-ai sinucis din cauza tipului ăstuia.

Vocea îngerului se auzea înfundat.

-De ce te uiți în partea cealaltă? zise fata.

-Pentru că mi-ai spus să mă întorc și să nu mă uit cum te faci de râs, mânjindu-te cu lepra asta înșelătoare...

-O!

Cassie privi către varianta ei vie, care tocmai își trăsese din nou blugii din dreptul gleznelor. De ce își amintea acest moment drept unul atât de romantic, când tot ceea ce făcuseră fusese să se frece unul de celălalt ca niște câini în călduri, pe scaunul din față al mașinii? Era amuzant cum o fărâmă de *adevăr* așeza totul într-o perspectivă deloc atractivă.

-Arăt decent, spuse Cassie. Poți să te întorci acum.

Jeremiel se răsuci pentru a o privi. Fata se aștepta ca acesta să își bată joc de ea, dar el revenise la aceeași expresie de nedescifrat, pe care suspecta că o folosea ori de câte ori voia să ascundă ceea ce simțea pentru că nu știa ce să spună.

-În caz că ai uitat, nimeni nu mă poate auzi, rosti Cassie, arătând către versiunea ei în viață. Sunt moartă. Cum îmi spun ceva ce nu vreau să aud?

-Pur și simplu îi șoptești în ureche.

-Tocmai am aruncat cu telefonul în ea și am urlat adevărul, răspunse fata. Sunt moartă. Nu mă poate auzi.

-De câte ori ți-au zis prietenii tăi că tipul ăsta e un jucător?

Obrajii lui Cassie căpătară o nuanță de roșu aprins.

-De multe ori. Dar nu am...

-...vrut să îi crezi, continuă Jeremiel. Pentru că îți plăcea să fii îndrăgostită de el. Sau, mai precis, iubeai modul în care te *simțeai* când ieșeai cu el în public și toate celelalte fete se holbau la prietenul tău, dorind să fie în locul tău.

Ochii lui Cassie se umplură de lacrimi.

-Ți-a mai zis cineva vreodată că ești un nenorocit?

Jeremiel rânji într-un mod despre care Cassie știa că, dacă nu ar fi fost pregătită să îl linșeze în acel moment, ar fi topit-o cu siguranță pe picioare. Era bine că îngerul nu se mai afla în mașină, lângă ea. Dacă ar fi pus mâna pe el, putea să jure că i-ar fi smuls penele ca unei găini!

Deci? Ce putea să își șoptească sie însăși pentru ca ea, vechea ea, versiunea aceea care încă era îm viață, să fie mai atentă la semnalele că Mauricio nu făcea decât să o înșele?

-Ce i-ai spus mamei mele ca să o convingi să îmi dăruiască vechea ei păpușă?

Acum avea două amintiri ale aceluiași moment: variant în care mama ei se îmbătase și fusese prea mahmură în dimineața de Crăciun pentru a se da jos din pot, dar și varianta în care femeia se purtase de parcă a face vechea păpușă cadou reprezenta un soi de rit de trecere, nu o scuză pentru faptul că nu își permitea niciun alt dar.

-Mama ta chiar a *vrut* să îți dea un cadou, spuse Jeremiel cu blândețe. Tot ce am făcut a fost să îi șoptesc că a-ți dărui ceva ce *ea însăși* adora e mai bine decât nimic.

Cassie suspină.

-Dar eu ce pot să îmi spun? Mie, cea care tocmai a auzit cele două cuvinte pe care și-a dorit întotdeauna să le audă? Că Mauricio mă minte?

-Doar *tu* știi ce te-ar putea determina să asculți.

Jeremiel se îndepărtă puțin pentru a-i oferi ceva intimitate. Nu mai era decât ea. Ea însăși. Și nenorocitul de fost iubit care, chiar și în acel moment, avea putere absolută asupra inimii ei.

Cassie își așeză mâna pe umărul versiunii sale vii.

-Ascultă, își șopti sie însăși. Știu că nu îți dorești decât să fii iubită. Dar Mauricio... el mai are o grămadă de fete care îl așteaptă cuminți în urmă. Deschide ochii! Nu îți mai acoperi urechile și încetează să pretinzi că nu vezi adevărul din fața ta.

Cassie cea vie se răsuci către Cassie cea moartă şi o privi drept în ochi de parcă, poate pentru numai o secundă, o auzise.

-Hei, iubito, zise Mauricio. Tre' să te las la maşină. Mama tocmai mi-a trimis mesaj să-mi spună că frate-miu s-a bătut cu cineva. Tre' să îl scot din belele, dacă înţelegi ce vreau să zic.

Cassie cea vie se întoarse către Mauricio cu o privire plină de încredere.

-Bine, spuse ea. Mă suni mai târziu?

-Sigur, iubito, răspunse tânărul. Noi doi avem toată viaţa înainte să... ştii tu, adăugă el făcându-i cu ochiul.

-Ah! Cassie cea moartă o pocni pe varianta ei vie drept în tâmplă. Nu ai ascultat deloc ce ţi-am zis?!

Cassie cea în viaţă se cutremură.

-E totul în regulă, iubito? întrebă Mauricio.

-Da, răspunse fata. Doar un fior.

Tânărul porni maşina şi o băgă în viteză. Apoi plecă, lăsând-o pe Cassie cea moartă în urmă, în locul în care cu câteva secunde în urmă fusese parcat vehiculul. Jeremiel păşi către ea şi îi întinse o mână pentru a o ajuta să se ridice.

-Nu a schimbat lucrurile cu nimic, zise fata.

-Dacă ar fi aşa uşor, nu ar mai exista nicio problemă în întreg universul, nu-i aşa? îi răspunse îngerul.

-Dar tu cum faci? Cum ne spui nouă, oamenilor, să ne trezim şi să ne vedem de capuccino când tot ce vrem, de fapt, e să bâjbâim prin jur?

Jeremiel afişă din nou aceeaşi expresie indescifrabilă. Cea care transmitea că nu avea niciun răspuns pentru întrebare.

-Cum spuneam... nu e problema mea. Eu sunt aici doar ca să fac curat în urma prizonierilor care scapă din Gehenna... ăă... din iad. Dacă se întâmplă ca un înger să ajute un om, atunci... ştiu şi eu? E pură coincidenţă.

Cassie privi îndelung către acest înger care nu ezitase nicio secundă să îi demonstreze că nu îi plăcea deloc să fie împovărat de ea. Iar ea, care nu fusese nevoită să se ocupe decât de sine însăşi, putea înţelege exact de ce.

-Jeremiel, rosti Cassie. Încă nu văd nicio lumină. Iar sunetul acela... devine din ce în ce mai puternic. Ce înseamnă toate astea?

-Înseamnă că nu avem prea mult timp la dispoziţie, răspunse acesta. Închide ochii, copilă. Călătoria asta o să fie ceva mai urâtă decât celelalte două.

Cu o străfulgerare de lumină, Jeremiel o trase către acel loc care exista *la mijloc*.

Capitolul Şapte

De această dată, nu numai că o ţinu de mână, ci o strânse la piept cu atâta putere încât, dacă ar mai fi fost încă vie, ar fi sufocat-o. Zgomotul acela asemănător unui urlet se amplifică până când Cassie se simţi de parcă fiecare centimetru de piele ce rămăsese neprotejat de Jeremiel era străpuns de fragmente reci de gheaţă. Sentimentul se risipi, însă, la fel de rapid pe cât începuse. Îngerul îi dădu drumul din strânsoare şi se îndepărtă la câţiva paşi distanţă, astfel că faţa lui Cassie nu se mai odihnea la adăpostul pectoralilor masivi ai lui Jeremiel.

Fata respiră adânc, căutând aerul curat chiar dacă, teoretic, nu mai avea nevoie de el. Se întorseseră la ea acasă. Casa ei din *prezent.* Acea garsonieră odioasă de la parter, singura pe care mama sa şi-o putea permite; şi de asemenea cea în care puteai auzi întotdeauna familia de deasupra mergând prin casă şi certându-se.

Mama lui Cassie stătea pe podea, înfofolită într-o pătură călduroasă, având o sticlă de whiskey Jack Daniels cu gheaţă într-o mână şi un foarfece în cealaltă. Fredona greşit un colind de Crăciun în timp ce tăia bucăţi de hârtie verde, decorată cu reni, pentru a împacheta un borcan de prăjituri în formă de om de zăpadă. Întreaga locuinţă mirosea a prăjituri- probabil cu scorţişoară, judecând după aromă- iar în dreptul femeii stătea o farfurie plină de firmituri de fursecuri.

-Măcar e fericită, zise Cassie. Având în vedere modul în care vorbea când i-am închis telefonul în nas, aproape că mă aşteptam să o găsesc în baie, tăindu-şi venele.

-Asta e ceea ce ai fi făcut tu? întrebă Jeremiel, purtând aceeaşi expresie indescifrabilă pe care o afişa ori de câte ori nu voia să îşi dezvăluie adevăratele sentimente.

-Nu e treaba ta!

Cassie aruncă o privire către propriile încheieturi, ascunse sub un şir de şase brăţări împletite ale prieteniei. Dacă Jeremiel nu era îngerul ei păzitor, atunci de unde ştia că fata obişnuia să se taie de fiecare dată când lumea din jur devenea prea greu de suportat?

Mama sa fredona „Moş Crăciun cu plete dalbe" în timp ce înfăşura hârtia de cadou în jurul borcanului de ceramică; apoi, scrise cu markerul direct pe ambalaj, cu litere tremurânde „C-A-S-S-I-E". Fără îndoială că recipientul era plin cu prăjituri.

-Asta e tot ce primesc anul ăsta? întrebă fata.

Jeremiel o privi dezaprobator:

-Tocmai ţi-a folosit ultimul dolar pentru a-şi repara maşina. Ce ai vrea să facă? Să redirecţioneze factura către cardul ei de credit?

-Nu are credit, răspunse Cassie. Banca i-a revocat toate cardurile pentru că nu a putut plăti.

Jeremiel ridică o sprânceană către ea.

-Fie, zise fata. Cel puţin e fericită. Cred că e mai bine decât dacă s-ar îmbăta criţă.

Mama sa se ridică şi îşi înfăşură pătura mai strâns în jurul trupului. Cassie detestase întotdeauna faptul că nu puteau plăti căldura, aşa că erau nevoite să îndure frigul din casă pe tot parcursul iernii. Mergea acasă la prietenii ei ori de câte ori putea; sau cel puţin asta *făcuse*, până când toţi plecaseră pe rând la facultate şi o lăsaseră să putrezească în Cape Cod pe durata iernii, când nu venea niciun turist şi locurile de muncă erau chiar mai puţine decât în restul anului.

Mama lui Cassie apucă mătura şi se învârti de câteva ori cu ea de parcă ar fi fost partenerul său de dans, în timp ce aduna resturile de hârtie şi firimiturile de prăjitură rămase după micul experiment al împachetării. Afară se puteau întrezări luminile albastre şi roşii ale girofarului care se apropia. Cassie simţi un nod în stomac.

-Treci mai departe, se rugă ea. Te rog să treci mai departe... nu am mai văzut-o atât de fericită de foarte mult timp.

Luminile se apropiară.

-Nu îi lăsa să îi distrugă seara! îl imploră fata pe Jeremiel. I-am zis că nu o să ajung acasă până mâine. Să îi spună atunci. După ce deschide cadoul pe care i l-am lăsat sub brad.

Girofarul se opri în faţa casei. Zbârnâitul slab al staţiei radio a poliţiştilor se putea auzi chiar şi prin portiera închisă. Mama lui Cassie continua să măture, fără să observe persoanele care înaintau pe alee. Cassie se întoarse către Jeremiel cu o privire rugătoare.

-Nu îi spune! zise ea trăgându-l de braţ pe înger. Te rog nu îi lăsa să îi spună!

-Are dreptul să ştie că fiica ei e moartă, răspunse Jeremiel cu blândeţe. *Ce* te aşteptai să se întâmple când ai hotărât să intri cu maşina în copac?

-Nu am vrut să se întâmple asta, şopti Cassie.

-Ba da.

Ochii lui Jeremiel căpătară o nuanţă violentă, un amestec de negru, albastru şi violet, asemenea aripilor lui. Era o culoare care exprima lipsa oricărei empatii.

-Ai visat la momentul ăsta de sute de ori. Acum ai şansa de a vedea dacă este exact aşa cum ţi-ai dorit întotdeauna.

Cassie alergă înspre uşă şi se aruncă în faţa ei, încercând să oprească ceea ce era pe punctul de a se întâmpla.

-Mamă, nu!

Mama sa păşi drept prin ea şi deschise uşa zâmbitoare.

-Cu ce vă pot ajuta? îi întrebă pe cei doi ofiţeri.

-Sunteţi mama Cassandrei Baruch? întrebă poliţistul mai scund.

-Da?...

Zâmbetul femeii îi îngheţă pe buze.

-A avut loc un accident, continuă ofiţerul mai înalt. Fiica dumneavoastră...

-Cassie e bine? întrebă mama, apucând mâna poliţistului scund.

-Ne pare foarte rău, doamnă, răspunse acesta. Nu purta centura de siguranţă.

-Trebuie să fie o greşeală, zise femeia. Cassie poartă *mereu* centura. Am bătut-o la cap cu asta de când era mică.

-A murit pe loc, doamnă, rosti cu blândeţe ofiţerul mai înalt. Suntem siguri că nu a suferit.

„*Ei, nu serios?!*" gândi Cassie către sine însăşi. „*Nici nu-mi amintesc să mă fi lovit de volan.*"

-Nu se poate să fie ea! insistă mama fetei. Cassie a spus că o să doarmă la iubitul ei în noaptea asta.

Fata îşi ridică privirea şi observă că Jeremiel adoptase din nou expresia pe care o folosea pentru a-şi ascunde gândurile. Aripile îi tresăriră, însă, în momentul în care poliţiştii o ajutară pe mama fetei să se aşeze pe canapea şi o întrebară dacă exista cineva pe care ar fi putut suna.

Nimeni. Nu exista nimeni pe care mama ei să poată suna. Familia le renegase atunci când femeia se căsătorise cu tatăl lui Cassie, iar copila nu primise nici măcar vreo felicitare de Crăciun de la ei de când avea cinci ani.

-Nu ai de gând să spui nimic ca să o consolezi? întrebă Cassie privindu-l acuzator pe Jeremiel.

-Nu e treaba mea, răspunse el cu asprime.

Obrazul i se crispă. Ochii întunecaţi nu purtau nicio urmă de înţelegere faţă de fată.

-M-ai adus aici doar ca să mă faci să mă simt vinovată, zise ea.

-*Tu* ai ales locul, copilă. Eu doar te-am ajutat să ajungi.

-Nu, nu l-am ales! protestă Cassie, agitând un deget către chipul lui Jeremiel.

Mama fetei începu să jelească. Jeremiel îşi umflă aripile şi se răsuci către Cassie cu o privire furioasă.

-Ai visat sau nu ai visat la cât de tare ar fi ca toată lumea să îţi plângă moartea, chiar înainte de a-ţi îndrepta maşina către copacul acela?

Gura lui Cassie se deschise şi apoi se închise la loc. Nu era sigură dacă ar fi trebuit să recunoască sau să nege acest lucru.

-Parcă spuneai că nu mă vegheai!

-Nu o făceam! spuse Jeremiel cu aceeaşi privire răutăcioasă, în timp ce îşi lovea tâmpla cu degetul arătător. Pot să îţi citesc gândurile, ai uitat? continuă el, arătând apoi către mama fetei. Şi pot să citesc şi gândurile *ei*, chiar acum!

Penele i se răscoliră de parcă ar fi fost străbătute de o durere cruntă. Avea acea înfăţişare pe care ar fi avut-o orice fiinţă umană obligată să privească pe altcineva în timp ce i se puneau copci sau să asculte unghiile cuiva scrâşnind pe tablă.

-P-păi... nu mi-o imaginam pe *ea,* se apără Cassie. Îmi imaginam prietenii mei.

-Deci e în regulă să le faci asta prietenilor tăi?

Cassie se gândi la cei care o lăsaseră în urmă. Se concentrase mai mult asupra faptului că aceştia s-ar fi întors de

la facultate pentru a o vedea zăcând în coşciug şi s-ar fi simţit
vinovaţi pentru că o abandonaseră, însă nu îşi imaginase şi cât
de *dureros* ar fi fost pentru ei să afle că ea a murit. Şi Mauricio.
Cel mai mult îşi dorea ca *el* să se simtă vinovat pentru că îi
făcuse asta. Ochii îi fură inundaţi de lacrimi:

-Nu am vrut să se întâmple asta.

-Ba da, ai vrut.

Jeremiel îi întinse o mână, însă în continuare nu avea nicio
urmă de căldură în privire:

-Haide, zise el. Am suportat destul aici.

-Unde mă duci?

-Oriunde ai nevoie ca să scap odată de tine.

Cu o smucitură deloc delicată, o trase înapoi către acel loc
aflat *la mijloc*.

Capitolul Opt

Teama îi străpunse întreg trupul în timp ce se lăsa trasă de Jeremiel prin Nimic. Îngerul nu o mai proteja aşa cum o făcuse înainte, făcându-i tranziţia mai uşoară. Sunetul teribil care o bântuia căpătase tonalitatea unui urlet colectiv, urlet al animalelor înfometate în gerul iernii. Cassie strigă numele îngerului, însă în lipsa aerului nimic nu o putea ajuta să îşi materializeze cuvintele.

La fel de repede pe cât pătrunseseră în acea dimensiune, Jeremiel o smuci către cealaltă parte, într-o încăpere pe care fata o cunoştea prea bine.

-De ce nu m-ai apărat? protestă Cassie.

Expresia lui Jeremiel era distantă.

-Pentru că dacă nu dispari, spaţiul ăla va deveni casa ta pe veci.

Un freamăt înspăimântat străbătu trupul lui Cassie chiar dacă, teoretic, nu mai putea simţi frigul.

-Deci chiar *sunt* condamnată la a rămâne în iad pentru că m-am sinucis? şopti ea.

Obrazul lui Jeremiel tresări, însă furia datorită căreia ochii lui căpătaseră o nuanţă întunecată, aproape neagră, se disipă şi fu înlocuită de dezgust.

-*Acela* e doar Nimicul, copile, răspunse el. Locul în care ajungi dacă nu ai nicăieri altundeva să mergi. Ai încredere în mine- Gehenna... ăă... adică *Iadul* e mult mai rău.

Cassie se cutremură. Nu era sigură dacă ceea ce aflase era un lucru bun sau rău. Rău. Cu siguranţă era rău. Încă putea simţi senzaţia ciudată de a avea întreg corpul străpuns de sunetul îngrozitor care vibrase în interiorul său.

-Jeremiel? spuse fata cu o voce slabă. Încă nu văd nicio lumină.

-Nu mă surprinde, răspunse el arătând către apartamentul în care tocmai ajunseseră. Încă sunt lucruri pe care insişti să le vezi.

Se aflau în apartamentul lui Mauricio şi, judecând după gemetele şi respiraţiile sacadate care se auzeau din dormitor, Cassie putu să îşi imagineze perfect ce făceau el şi iubita lui.

-Nu vreau să văd asta!

Jeremiel ridică din umeri indiferent. Se aruncă apoi pe un scaun de bucătărie în acelaşi mod în care s-ar fi cufundat orice tip în fotoliul preferat pentru o seară de fotbal şi bere. Îşi aşeză neglijent aripile mov-negre pe spătar în timp ce se întindea şi îşi trânti cizmele de piele neagră pe scaunul din faţă. Rânjind maliţios, apucă nişte chipsuri dintr-o pungă aflată pe masa de alături.

-Ăsta e trecutul sau prezentul? întrebă Cassie.

-Prezentul.

Jeremiel îşi îndesa chipsurile în gură, mestecând atât de tare încât Cassie era de-a dreptul surprinsă că cei din camera alăturată nu îl puteau auzi ronţăind de partea cealaltă a uşii. Totuşi, având în vedere agitaţia activităţii din dormitor, era evident că o bombă atomică ar fi putut cădea în acel moment şi ei nu ar fi observat.

-Ah, iubito, ah, iubito, ahhhh! urlă Mauricio.

-Oooohhhh!!! strigă şi Melita.

Cassie îşi acoperi urechile.

Jeremiel îi zâmbi răutăcios. Un fir rebel i se ridicase când străbătuseră lumea din mijloc. Se înălţa din dreptul tâmplei asemenea cornului unei mici capre. Alături de sprâncenele arcuite, această trăsătură îi conferea îngerului îmbrăcat în piele neagră înfăţişarea unui demon cu aripi purpurii.

-Ţi-a mai spus cineva vreodată că eşti un mare nenorocit? întrebă Cassie.

-Tutocmai şpus aştta, mormăi Jeremiel cu gura plină de chipsuri. De ciiincizeci de ori pân'acum.

Firimiturile i se rostogoleau din gură pe tricoul negru mulat, rămânând suspendate în dreptul pectoralilor care tresăreau asemenea unui cal pe pista de curse în timp ce Jeremiel se întindea după pungă să mai ia câteva chipsuri.

-O, iubito, ooh! gemu Mauricio din camera alăturată.

Cassie privea atent îngerul extrem de chipeş care stătea întins pe scaunul de bucătărie al lui Mauricio asemenea unei pantere care atârnă în copac, admirându-i, pe rând, aripile mov-negre şi modul în care i se întrezăreau coapsele musculoase prin blugii mulaţi, de piele neagră.

-Ah, Mauricio!

-Oh, iubito!!

Cassie îşi linse degetele.

-Ţi-e foame şşaucevva? mormăi Jeremiel întinzându-i punga cu chipsuri. Judecând după licărirea răutăcioasă din ochii lui, era evident că ştia foarte bine ce efect avea asupra ei şi făcea toate astea în mod deliberat, pentru a o distrage de la ceea ce se întâmpla în încăperea alăturată.

-Sau ceva, răspunse Cassie şi înşfăcă punga, îndesând un chips în gură.

Avea gust de...

-La naiba! Nu pot să simt niciun gust!

-Eşti moartă, zise Jeremiel. La ce te aşteptai?

-Nu se presupunea că atunci când ajungi în Rai poţi să te răsfeţi cu lapte şi miere?

-Atunci pune mâna şi dă-ţi seama mai repede de ce eşti aici, ca să poţi să mergi spre lumină şi să nu te mai ţii după aripile mele, replică îngerul.

Cassie scoase limba la el. Jeremiel rânji.

Mauricio gemu prelung, satisfăcut, mult mai puternic decât o făcuse atunci când se culcase cu Cassie pe bancheta din faţă a maşinii.

O lovitură puternică în uşa de la intrare o făcu pe Cassie să tresară.

-Fir-ar să fie! exclamă ea răsucindu-se şi observă pentru prima dată lumina albastră a girofarului care tocmai se oprise în dreptul locuinţei.

Bătaia din uşă se auzi de această dată şi mai tare.

-Vin, vin, strigă Mauricio din dormitor.

Apăru deodată cu picioarele goale, înfăşurându-şi halatul negru şi gros de velur în jurul taliei. În spatele lui venea Melita, care purta un halat alb, pufos, ce părea a fi fost furat din vreo staţiune de fiţe. Mauricio deschise uşa pentru a le răspunde celor doi poliţişti care aşteptau afară.

-Vă pot ajuta cu ceva, domnilor? întrebă el.

Cassie recunoscu cei doi ofiţeri care fuseseră mai devreme şi la mama ei.

-Putem intra? zise poliţistul mai înalt.

-Aveţi mandat de percheziţie?

Cei doi poliţişti îşi aruncară priviri unul altuia.

-Cunoaşteţi o anume Cassandra Baruch? întrebă ofiţerul mai scund.

-Nu, minţi Mauricio.

Cassie rămase cu gura căscată. Şi, după cum observă imediat, la fel rămase şi Melita.

-Mama ei a spus că urma să îşi petreacă noaptea în această locuinţă, continuă poliţistul înalt.

-Nu o cunosc, insistă Mauricio. Şi clar nu-i ştiu nici mama.

Iubita lui îl apucă de braţ:

-Dar...

-Nu te amesteca în asta! şuieră Mauricio.

-Sunteţi sigur că nu cunoaşteţi această domnişoară? insistă ofiţerul înalt, arătându-i o bucată de hârtie.

Melita păli, însă expresia lui Mauricio nu se schimbă.

-V-am spus că nu o cunosc. Acum, dacă n-aveţi şi-alte întrebări, văd că jurisdicţia voastră nu-i pe aici, prin urmare vă rog să mă scuzaţi. Am o companie de care tre' să mă ocup.

-Ce idiot! exclamă Cassie.

Cei doi poliţişti se uitară către Melita, care avea halatul de baie aşezat în aşa fel încât să facă evident faptul că nu purta nimic altceva pe dedesubt, iar apoi de la unul la altul. Schimbul de priviri dintre ei fu grăitor. Ridicând din umeri, ofiţerul mai înalt îndesă din nou fotografia în dosar, iar cel mai scund îşi scoase cartea de vizită şi i-o întinse lui Mauricio.

-Dacă vă mai amintiţi cumva ceva, vă rog să ne sunaţi.

-Da, sigur, răspunse Mauricio şi le trânti uşa în faţă, în exact acelaşi mod în care i-o trântise şi lui Cassie ceva mai devreme în acea seară.

-Cum ai putut...? începu Melita.

-Ss! şuieră iubitul ei, arătând către uşă.

Cei doi aşteptară până când poliţiştii plecară, după care Melita reveni la a-l iscodi pe Mauricio.

Cassie privi către Jeremiel, care terminase deja toată punga de chipsuri şi continua acum cu o cutie de biscuiţi. Arăta ca un copil mic într-o cutie cu bile în timp ce îşi turna sos de brânză pe biscuite şi apoi îşi îndesa un altul în gură.

-Şşcce? mormăi el cu gura plină.

O urmă de sos portocaliu ca ţinutele puşcăriaşilor americani se întindea în dreptul buzei lui, conferindu-i un aspect cu totul ne-angelic.

Iată, Cassie se afla chia acolo, moartă, cu inima frântă şi, desigur, în cazul în care nu era deja destul de clar, *moartă*, iar îngerul care fusese trimis să o îndrume se îndopa cu snacks-uri cancerigene de parcă se uita la un meci.

-Cum ai putut să minţi poliţiştii? strigă Melita.

-Fata-i o poveste veche, iubito, răspunse Mauricio. N-am chef de probleme în legătură cu o fată care nu contează.

-Ai văzut măcar poza aia? insistă fata portoricană. E *moartă*!

Jeremiel împrăştie sos pe următorul biscuite. Stropi portocalii ţâşniră pretutindeni în timp ce recipientul era golit şi dioxidul de carbon împrăştiau resturile pe aripile lui negre-purpurii.

-Cum se poate ca ei să nu te *vadă* mâncându-le toate gustările? se întrebă Cassie.

-Oamenii preferă să li se spună pe nume, răspunse Jeremiel cu gura plină. Nu pe rasă. Să o numeşti portoricană e nepoliticos.

-Nu am numit-o aşa, zise fata.

Jeremiel făcu un gest către propria tâmplă. Cassie îl înjură. În spatele ei, Mauricio şi portori... fir-ar! Melita continuau să se certe în legătură cu *ea*.

-Parcă spuseseşi că nu ai fost niciodată cu ea, ţipa Melita către iubitul ei. Că a venit în seara asta ca să te convingă să ieşi cu ea.

-Mda, minţi Mauricio. Asta a fost tot, iubito. Nu a însemnat nimic pentru mine. Absolut nimic. N-am chef de probleme. De-aia le-am zis poliţiştilor că nu o cunosc.

-Nu pleci din locul ăsta ca să te izbeşti cu maşina de un copac decât dacă eşti absolut distrus! Cum ai putut?!

-Fata asta nu a însemnat nimic pentru mine, iub...

Melita îi dădu o palmă. Mauricio o plesni înapoi. Tare. Femeia îl lovi din nou, însă de această dată pentru a scăpa din calea lui. Mauricio o apucă de gât şi o trânti la perete.

-Dacă mă loveşti, panaramă ce eşti, te lipesc de pământ!

Melita tremura cu ochii plini de teroare.

-N-nu mă lovi, se rugă ea. Te rog. Ai promis că nu o să mă mai loveşti.

Cassie se întoarse către Jeremiel, care nu mai părea la fel de nonşalant ca înainte.

-Ajut-o!

Aripile enorme ale îngerului se înfoiară asemenea celor ale unui vultur pregătit să atace, iar muşchii i se încordară într-o mişcare suprimată.

-Deci acum vrei să o ajut?

-E însărcinată!

Cassie privi cu răutate către Jeremiel, care rămânea frustrant de nemişcat. Apoi îşi îndreptă privirea înapoi spre Mauricio, care încă o strângea de gât pe iubita lui. Îi strânse cordonul de altfel lejer al halatului alb şi îşi îndesă pelvisul în al ei.

-Îţi place dur, iubito, zise el. Nu-i aşa?

-D-dă-mi drumul, îl imploră Melita.

Cassie se uită din nou la Jeremiel, ai cărui ochi căpătaseră o culoare neagră, furioasă. Îngerul nu se mişca, însă.

-La naiba cu tine! ţipă fata la el.

Încercă să apuce un scaun pentru a-l lovi pe Mauricio în cap, însă mâinile sale trecură drept prin lemn.

-Ce se întâmplă cu mine? întrebă ea.

-Te evapori, răspunse Jeremiel. Se întâmplă după o vreme, dacă rămâi captiv la mijloc. În final, vei rămâne inconştientă.

Trupul lui Cassie fu străbătut de teroare.

-Da, îţi place dur, continuă Mauricio, desfăcându-şi propriul halat.

-Opreşte-te, îl rugă Melita. Mauricio, te rog! Sunt însărcinată. O să ne răneşti bebeluşul.

-Ai senzaţia că mă doare undeva de chestia pe care o creşti în burtă? Am şase dinăştia deja. Şi n-am de gând să plătesc încă un cec cu pensie alimentară pentru o mamă cu copil din flori.

Cassie se răsuci şi ţipă la Jeremiel:

-Dacă nu faci ceva, o să fac eu!

-Nu am voie să intervin, răspunse îngerul, cu toate că întreaga încordare a corpului său demonstra că *voia* să intervină.

-Ah! Voi, îngerii, sunteţi absolut *inutili*!

Cassie se îndreptă către femeia însărcinată şi îi şopti în ureche:

-Loveşte-l în ouă! Dă-i un genunchi. Cât de tare poţi. Apoi, când se apleacă, pocneşte-l în ochi. După care pleci şi nu te mai întorci niciodată.

Ochii Melitei se măriră, de parcă auzise. Genunchiul i se ridică. Mauricio urlă în momentul în care acest genunchi se izbi de regiunea lui inghinală. Melita se luptă să se elibereze. Cassie o încuraja, însă bărbatul o apucă pe Melita de părul lung şi creţ.

-Dă-mi drumul!

-Acum o să primeşti ce meriţi!

Mauricio îşi pregăti pumnul pentru a o lovi peste faţă.

-Jeremiel! strigă Cassie.

Îngerul se mişcă atât de rapid încât Cassie nu îl văzu atacând. Mauricio strigă de durere în timp ce oasele mâinii sale se rupseră brusc, cu un trosnet puternic.

Melita căscă ochii, dându-şi seama că în încăpere se afla un înger enorm, cu aripi negre.

-Fugi! strigă atunci Cassie.

Femeia începu să alerge, avântându-se în zăpada de afară cu picioarele goale, fără a purta altceva pe sub halatul de baie. Jeremiel dădu drumul mâinii lui Mauricio.

-Ce drac...?!

Mauricio căuta înnebunit cu privirea forţa ce domnea în cameră, însă nu putea vedea nimic. Cassie îl lovi cu putere în zona sensibilă, cu toate că ştia prea bine că această lovitură a ei nu putea fi simţită. Rămase surprinsă când piciorul îi fu străbătut de o senzaţie de *fermitate* la contactul cu trupul lui Mauricio, chiar în dreptul prostatei.

-Au!!! urlă acesta de durere.

Jeremiel o înşfăcă pe Cassie, strângând-o la pieptul său:

-Hai!

Cu o străfulgerare de lumină, pătrunseră din nou în spaţiul de mijloc.

Capitolul Nouă

Nimicul nu mai părea la fel de înfricoşător atunci când braţele puternice ale lui Jeremiel erau strânse în jurul ei, alături de aripile negre şi moi. Înainte ca fata să apuce să contempleze această realitate, se trezi în faţa Agenţiei Naţionale de Locuinţe pentru bătrâni. Aerul părea să strălucească sub farmecul numeroaselor luminiţe colorate, în timp ce fulgii de zăpadă se aşterneau leneşi pe pământ. Jeremiel îi dădu drumul.

-Uhuu! exclamă Cassie, încercând să bată palma cu îngerul.

Acesta îşi încrucişă însă mâinile la piept şi se încruntă cu o expresie dezaprobatoare.

-Ce? întrebă fata. L-ai pus bine la punct!

-Mda, răspunse Jeremiel cu aceeaşi privire acră. Şi acum m-ai băgat în belele.

-Belele? Cum adică te-am băgat în belele? Eşti înger!

-Fata aia m-a văzut!

-Aşa, şi?

-Nu ţi-a trecut niciodată prin cap că poate exista un *motiv* pentru care oamenii nu văd îngerii plimbându-se prin preajmă?

-Păi... nu?

-Libera alegere, zise Jeremiel. Cel puţin aşa îi ziceţi voi. Noi îl numim armistiţiu. Şi asta îi împiedică şi pe cei care *nu* sunt de pe Pământ să vină aici şi să vă distrugă vieţile.

-Dar Mauricio o bătea.

-Acum cinci minute *tu* erai cea care voia să o bată.

-Asta a fost înainte să îmi dau seama că e o fată de treabă.

Jeremiel pufni şi îşi strânse aripile în dreptul umerilor pentru a-şi acoperi braţele.

-Îţi e frig? îl întrebă Cassie surprinsă.

-Mda.

-Credeam că îngerii nu pot simţi nimic.

Jeremiel o privi răutăcios.

-Simţim la fel de multe pe câte simţiţi şi voi. Singura diferenţă este că de asemenea noi ne putem vindeca mai repede şi mai bine decât fiinţele umane.

-Cum se face că *eu* nu simt frigul?

-Eşti moartă. Poţi să îl simţi dacă într-adevăr îţi doreşti, dar nu mai reprezintă un element important în existenţa ta, aşa că pur şi simplu îl ignori.

-Pot să simt frigul ori de câte ori trecem prin spaţiul din mijloc.

-Asta pentru că Nimicul este o ameninţare faţă de existenţa ta. Nu ai evolua încă suficient ca să îi poţi face faţă.

Jeremiel privi către clădirea în faţa căreia ajunseseră şi continuă:

-Apropo de asta... vezi vreo urmă de lumină? Mergeam şi eu undeva când te-am auzit strigând după ajutor.

Cassie se uită în jur, cu toate că nu era prea doritoare să meargă spre lumină acum că ştia că viaţa următoare nu avea să fie altceva decât o reeditare deplorabilă a *acesteia*.

-Luminiţele de la instalaţiile de Crăciun se pun?

-Nu.

Fata oftă:

-Bine atunci. Cu ce lucru nasol, care ar trebui să îmi frângă inima, ai de gând să mă mai torturezi acum?

-Eu? se miră Jeremiel ridicând una din sprâncenele sale întunecate. Tu eşti cea care alege toate locurile astea. Eu nu fac decât să te aduc repede ca să nu te pierzi.

-Nu am ales locul ăsta, răspunse Cassie. Asta e Agenţia Naţională pentru Locuinţe şi nu locuieşte nimeni pe care să cunosc aici.

-Nimeni?

Fata se gândi preţ de câteva clipe:

-E un azil pentru oameni bătrâni şi oameni cu handicap. Vin la cafeneaua la care lucrez tot timpul.

-Este cineva aici cu care să fi stabilit vreo legătură emoţională?

Cassie privi în jur. Trecuse cu maşina prin faţa clădirii de câteva ori, când scurtase drumul pe strada care lega toate mallurile, dar nu păşise niciodată înăuntru. Oamenii în vârstă o cam speriau.

-Nimeni, răspunse în final.

-Ei bine, sigur te-ai gândit la locul ăsta pentru vreun motiv, insistă Jeremiel. Care a fost ultimul tău gând înainte să te scot din apartamentul şmecheraşului tău?

-Că am fost nebună să mă sinucid pentru ceva ce nici măcar nu conta, zise fata. Pur şi simplu...

Acea senzaţie de vid care o chinuia de când se ştia îi amintea că Mauricio nu fusese altceva decât un mod de a se distrage; propria ei alternativă pentru sticla de whiskey Jack Daniels care reprezentase tovarăşul mamei sale atâta timp.

Se uită îndelung către Agenţia Naţională de Locuinţe, care părea foarte primitoare şi strălucitoare pentru un loc pe care ea îl asociase dintotdeauna cu oameni bătrâni ce aşteaptă să moară. Tufişurile din curte fuseseră decorate cu instalaţii de Crăciun, iar parcarea fusese deszăpezită, astfel că doar câţiva centimetri de zăpadă mai scârţâiau sub încălţările ei. Modul în care lumina se reflecta în albul omătului era chiar frumos.

-Poate că a fost singura imagine din capul meu a vreunui loc nu prea rău în care să mergi când eşti mort?

Un alt fel de *frig* pusese stăpânire pe trupul său. De ce se sinucisese, de fapt? Mama ei era încă *aici,* şi nimănui altcineva nu îi mai păsa de ea. Ce avea să se întâmple cu ea când avea să păşească spre lumină?

O mână caldă îi mângâie energic obrajii.

-Nu face asta, fetiţo, zise Jeremiel ştergându-i lacrimile. O să te ducem noi undeva unde chiar vrei să fii.

Ochii lui albaştrii-purpurii împrumutau ceva din nuanţele veşnic schimbătoare ale luminiţelor de Crăciun care decorau tufişurile, astfel că aceştia păreau năpădiţi de stele. Îngerul îi întinse mâna; furia pe care o afişase mai devreme dispăruse.

-Haide. Să mergem înăuntru ca să ne dăm seama ce ai vrut să vezi aici.

Cassie îl urmă cuminte în interiorul clădirii.

Capitolul Zece

Jeremiel îi ţinu uşa de sticlă deschisă, cu toate că cel mai probabil ar fi putut să treacă pur şi simplu prin ea. Cassie privi către îngerul care o depăşea în înălţime cu mai bine de jumătate de metru, analizând armamentul pe care îl purta, precum şi muşchii fermi care se întrezăreau. Modul în care o ţinea de mână transmitea un anume fel de dominare, nu sexuală (deşi fata se vedea nevoită să recunoască faptul că îngerul arăta într-adevăr din ce în ce mai bine cu fiecare minut care trecea), ci, ei bine... angelică.

Aerul dinăuntru era parfumat de plante perene şi scorţişoară, parfum amestecat cu acel miros ciudat care pare întotdeauna să se ataşeze de oamenii în vârstă. De când murise, Cassie nu remarcase prea multe arome, cu excepţia celei slabe de aer curat care îl înconjura pe Jeremiel. însă acum, departe de a o îneca aşa cum se întâmpla de obicei, „mirosul vârstnicilor" părea să aducă ceva reconfortant cu sine.

Lumina se răsfrângea în strălucirea aripilor lui Jeremiel, evidenţiind penajul violet de dedesubt, care îi amintea fetei de acele păsări nord-americane înrudite cu ciorile.

-O cioară? se revoltă Jeremiel ridicând o sprânceană şi umflându-şi penele, semn că auzise acelui gând. Dintre toate păsările de pe planetă, te-ai gândit să mă compari tocmai cu o cioară?

Cassie roşi.

-Mie îmi plac.

-De ce?

-Sunt nişte păsări puternice. Şi rămân împreună.

Se gândea la cum îşi asemănase întotdeauna grupul de prieteni cu un stol de păsări; până când fiecare se risipise undeva în vânt.

-Ciorile nu încep să zboare într-un milion de direcţii, lăsând vreuna dintre ele în urmă, insistă ea.

-Iar te gândeşti la tatăl tău?

Cassie se încruntă. *Ultimul* lucru la care voia să se gândească era tatăl ei, zăcând pe un pat de spital, pe moarte.

-Mi-ar plăcea să încetezi cu asta.

-Cu ce? întrebă îngerul.

-Cititul minţii.

-Atunci nu îţi mai pune gândurile pe tapet să le audă tot universul.

-Cum se presupune că ar trebui să nu mai *gândesc*?

-Nu trebuie să nu *gândeşti*, zise Jeremiel. Ci doar să îţi ţii gândurile mai aproape.

Îngerul o trase către zona în care de obicei se lua cina şi în care în acel moment un grup de vârstnici organizau un soi de petrecere de Crăciun ad-hoc. Un bărbat slab şi cocoşat, care părea să vină din vremuri străvechi, purta un cardigan maro uzat şi un papion verde, şi cânta colinde de Crăciun la un pian vechi. Degetele lui butucănoase se dovedeau surprinzător de agile în timp ce alunecau pe clapele instrumentului; doar câte o notă atinsă vag greşit întuneca din când în când interpretarea sa pentru melodia „Crăciun Alb". Adunaţi în jurul pianului, tot felul de vârstnici cu înfăţişări fragile vorbeau sau cântau în cor, iar vocile lor, deşi se suprapuneau uneori neplăcut, recompuneau cea mai bună întruchipare a lui Bing Crosby.[4]

Jeremiel păşi către o femeie de origine african-americană care stătea singură în colţ; ochii ei umezi se concentrau asupra trecutului, în timp ce buzele i se mişcau în tăcere, în acord cu muzica pe care ceilalţi o cântau. Îngerul se aplecă şi şopti ceva în urechea bătrânei. Aceasta ridică privirea de parcă l-ar fi putut vedea, iar apoi se uită drept în ochii lui Cassie.

Nu, nu la Cassie, de fapt, ci la un bărbat vârstnic ce stătea în colţul opus al încăperii, privindu-şi cu atenţie mâinile. Femeia se ridică, străbătu camera sprijinindu-se în baston, şi se aşeză lângă el. Cei doi vorbiră o vreme asemenea unor prieteni, iar expresia aceea tristă şi oarecum pierdută pe care cuprinde

---

[4] Cântăreţ şi actor american. Vocea sa bas-bariton l-a făcut unul dintre cei mai apreciaţi artişti ai secolului al XX-lea.

chipul vârstnicilor pe care copiii uită să îi aducă acasă de Crăciun se risipi.

Jeremiel făcu câțiva pași uriași și reveni în dreptul lui Cassie.

-Ce i-ai zis? întrebă fata.

-Doar i-am arătat că prietenul ei e singur.

Jeremiel zâmbi; nu era acel rânjet indulgent pe care i-l arătase ei atâta timp, ci un zâmbet sincer, dominat de căldură și înțelegere:

-Numele lui este Walter Jameson și îi place de ea de ceva vreme, dar e destul de timid. Numele ei este Alice Washington și a crezut dintotdeauna că domnul e cam snob. Însă i-am clarificat eu situația. Acum, niciunul dintre ei nu trebuie să petreacă seara de Crăciun singur.

Ochii lui căpătară o nuanță atât de profundă de albastru încât se asemănau cu un câmp plin de violete, strălucind în lumina soarelui. Cassie se bucura că nu avea nevoie să respire; chiar dacă purta piele neagră și arme mai potrivite pentru un actor din filmul „Road Warrior" decât pentru un înger în seara de Crăciun, divinitatea pe care o descriau oamenii de fiecare dată când vorbeau despre îngeri radia prin fiecare por al lui Jeremiel, asemenea soarelui iarna.

Fata simți un nod formându-i-se în gât. De ce nu îl putuse întâlni pe Jeremiel *înainte* să facă idioțenia de a intra cu mașina într-un copac? De ce nu îi șoptise și *ei* un înger ceva în ureche atunci când chiar ar fi putut schimba ceva?

-Nu putem fi peste tot în același timp, răspunse Jeremiel gândului ei cu o privire plină de compasiune.

Acea privire îi sugera fetei faptul că îngerul avea mult mai mulți ani decât cei treizeci și ceva pe care îi arăta.

-Se presupune că trebuie să vă salvați *unul pe altul*, nu să ne așteptați pe noi să vă salvăm. Noi nu trebuie să fim aici decât ca să ne asigurăm că nu intervine *altcineva*.

-Atunci de ce nu mi-a spus și mie cineva că le pasă de mine? plânse Cassie. Toți oamenii cărora ar fi trebuit să le pese de mine fie m-au abandonat, fie s-au lăsat prinși în problemele lor și nici nu au mai observat că eram și eu prin preajmă.

-Dar ți-au *spus* că le pasă, o contrazise Jeremiel. Ai venit aici ca să cauți una dintre acele persoane.

-Cine?

-Tu să îmi spui mie, răspunse îngerul. Te tot uiţi prin cameră. Pe cine te aştepţi să găseşti aici?

Cassie se gândi o vreme.

-Pe doamna Henderson, cred.

Jeremiel se aplecă spre ea, de parcă ar fi fost cu adevărat interesat de ceea ce fata avea de spus. Chiar şi aripile lui se înfoiară spre ea. Penele negre uriaşe se curbau de parcă încercau să recompună un amfiteatru.

-Şi cine este această doamna Henderson?

Cassie aruncă o privire prin încăpere. Cu toate că doamna Henderson nu se afla în cameră, fata observă că mai mulţi rezidenţi ai azilului purtau fulare croşetate de mână. Femeia în vârstă care vorbea prietenos cu bărbatul ei „snob" avea un fular roz aprins, care ar fi putut fi chiar perechea celui pe care Cassie îl luase în derâdere mai devreme, la cafenea.

La fel cum Mauricio luase în derâdere fularul de la *ea...*

-Probabil că acum crezi că sunt o nesimţită, zise fata, ştiind prea bine că Jeremiel îi putea citi gândurile.

Căldura din privirea lui Jeremiel se disipă, lăsând loc cunoscutei expresii indescifrabile. Da. Într-adevăr *citise* acel gând despre cât de nepoliticos se purtase Cassie faţă de doamna Henderson. Fata suspină şi îşi scărpină nasul. Ceva secreţii nazale se prinseră de hanoracul negru pe care îl purta şi se întinseră între faţa şi mâna sa asemenea unei ghirlande de Crăciun. Ruşinată, Cassie şterse lichidul acela corporal dezgustător de pantaloni.

-Nici măcar nu ştiu la ce apartament stă, zise ea în final.

-Atunci vom întreba.

-Parcă nu trebuia să fii văzut de oameni.

-Oamenii văd ce se aşteaptă să vadă.

Cassie privi cu gura căscată în timp ce Jeremiel păşea hotărât către un bărbat de vârstă mijlocie care părea să se integreze în peisajul acela la fel de bine ca restul rezidenţilor, cu excepţia faptului că purta un mic radio prins de bretelele roşii ale salopetei ce amintea de Moş Crăciun. Îngerul îi adresă o întrebare. Bărbatul răspunse fără să clipească măcar. Apoi, Jeremiel se întoarse către Cassie, ţinându-şi aripile strânse bine în jurul corpului pentru a nu lovi pe nimeni.

-C-Cum... tocmai te-a *văzut*! zise fata. Şi te luai de *mine* că te bag în belele?!

Jeremiel îşi lovi uşor tâmpla şi explică:

-E un tric pe care l-am învăţat de la mama mea- să mă ascund chiar la vedere, cum s-ar spune. Dar este nevoie de multă concentrare. Am reuşit să fac în aşa fel încât şmecheraşul tău să nu mă vadă, dar mi-am pierdut concentrarea când l-ai atacat şi *tu*, aşa că fata m-a văzut în forma mea reală.Cât despre tipul de acolo? El a văzut pur şi simplu un om foarte înalt.

-Ah, murmură Cassie.

Asta explica unele discrepanţe din Biblie. Înţelegând acest lucru, fata procesă mai departe şi restul cuvintelor lui Jeremiel:

-Vrei să spui că îngerii au mame?

-Sigur că avem, răspunse el. Avem mame şi taţi la fel ca orice altă creatură. Singura diferenţă este că noi trăim mai mult decât voi.

-Asta înseamnă că îngerii *mor*?

Jeremiel privi în altă parte, frecându-şi mâinile pe piept în timp ce mintea îi zbura în mod evident în altă parte.

-*Putem* muri, răspunse în final cu o voce stinsă. Dacă cineva ne răneşte suficient de tare.

Apoi, îngerul se răsuci pe călcâie şi se îndepărtă, de parcă uitase că fata se află la rândul ei în încăpere. Cassie se grăbi să îl prindă din urmă, întrebându-se dacă nu cumva paşii ei de fantomă puteau fi auziţi, având în vedere cât se chinuia să îl ajungă. Sau poate că senzaţia pe care o resimţea, a picioarelor mişcându-se, era doar o iluzie? Plutea, de fapt, de-a lungul coridorului, asemenea spiritelor din filmele horror proaste?

-Unde mergem? strigă ea din urma lui Jeremiel în cele din urmă.

-Pe aici, răspunse acesta indicându-i drumul. Managerul clădirii a spus că apartamentul ei e la etajul al doilea.

Urcară treptele, trecând prin dreptul unui grup de bătrâni care se adunaseră pe holul din dreptul locuinţelor lor şi discutau despre nepoţii care aveau să îi ia acasă de Crăciun, şi în final se opriră în dreptul penultimei uşi de pe culoar. Pe uşă erau lipite fragmente tăiate din felicitări vechi de Crăciun, precum şi câteva flori croşetate.

Cassie ezită, nefiind sigură ce ar trebui să facă. Spre deosebire de apartamentul lui Mauricio sau locuinţa mamei sale, unde se simţise îndreptăţită să dea buzna datorită relaţiei pe care o avea cu proprietarii, aici se simţea ca un intrus. Dacă vorbele lui Jeremiel se adevereau şi ea era într-adevăr cea care alegea toate destinaţiile acestei aventuri pentru a pune cap la cap iţele poveştii, oare ce spera să obţină intrând în apartamentul doamnei Henderson? Un fel de finalitate? Finalitate a ce?

Se pregăti să bată la uşă.

-Nu face asta, o opri Jeremiel. Ar putea să te audă.

-Cam asta e şi ideea, zise Cassie.

-Eşti moartă. Nu poate să te vadă şi, chiar dacă ar putea, ceea ce ar vedea ar întrista-o.

-Nimeni nu i-a spus încă ceva despre moartea mea, insistă Cassie. Dacă pretind că sunt încă în viaţă, nu îşi va da seama. Pur şi simplu nu trebuie să încerce să mă îmbrăţişeze.

-Ai încredere în mine, spuse Jeremiel ascunzându-se din nou în spatele acelei expresii pe care o afişa pentru a nu-şi dezvălui adevăratele gânduri. Ar fi mai bine dacă nu te-ar *vedea.*

Cassie îşi atinse fruntea şi îşi dădu seama pentru prima dată că avea capul spart şi nimic nu părea să se mai afle la locul lui. Buzele i se întredeschiseră, formând un „o" micuţ în momentul în care realiză că în tot acest timp se plimbase pretutindeni cu craniul crăpat.

-De ce nu mi-ai spus nimic? întrebă Cassie îngrozită.

Se ţinuse atâta vreme după acest înger teribil de arătos, practic salivând după el- cel puţin asta făcuse când nu fusese prea ocupată compătimindu-se pe ea însăşi- şi lui nu îi trecuse prin minte să îi spună că arăta ca un cadavru din trafic?

Dar chiar *era* un cadavru din trafic.

-Vino, o îndemnă Jeremiel întinzând mâna. Eşti fantomă. Treci prin uşă.

-Dar tu cum treci prin uşi? întrebă Cassie.

-Când trăieşti atât cât am trăit eu, înveţi unele lucruri, răspunse îngerul apăsând cu mâna pe uşă până îi ajunse la cot. Uşa este formată din atomi înconjuraţi de multe spaţii goale. Odată ce conştiinţa evoluează suficient de mult încât să recunoască adevărul, nu mai e decât o chestiune de timp până câmnd învaUşa este formată din atomi înconjuraţi de multe spaţii goale. Odată ce conştiinţa evoluează suficient de mult încât să *recunoască* adevărul, nu mai e decât o chestiune de timp până când învaţă să îl şi manipuleze, continuă el trăgându-şi braţul înapoi şi înfigându-şi degetul într-una dintre florile croşetate. Ca apa care trece prin strecurătoare, încheie în final.

-Dar *câţi* ani ai, de fapt?

-Vreo 2500 de ani pământeni.

Îngerul păşi prin uşă înainte ca fata să mai aibă timp să îi mai pună vreo întrebare stupidă, trăgând-o prin straturile de molecule în loc să deschidă pur şi simplu.

Cassie clipi, încercând să îşi acomodeze ochii la lumină slabă de pe partea cealaltă a uşii. În faţa ei se întindea o încăpere mică, ce oferea spaţiu doar pentru un scaun de tip leagăn aşezat în faţa unei mese cu televizor- genul acela de televizor vechi, cu un tub mare ieşind prin spate. Fiecare centimetru de perete era împânzit cu fotografii, majoritatea întruchipând un bărbat în vârstă despre care Cassie presupuse că era soţul doamnei Henderson.

Doamna Henderson însăşi stătea pe scaunul vechi şi înclinat, legănându-se înainte şi înapoi în timp ce mâinile umflate, chinuite de artroză, îi alergau încoace şi încolo pe o pereche veche de andrele îndoite; îşi şoptea încet să se grăbească.

-Aproape gata, murmură ea în tandem cu sunetul andrelelor care se loveau una de cealaltă. Nu pot să cobor până când nu e gata şi acesta.

Jeremiel îşi strânse aripile şi îşi apleacă uşor capul pentru a nu lovi tavanul mult prea jos. Deşi Cassie şi mama ei locuiau într-un apartament aflat la subsol, cel puţin camera lor avea o înălţime decentă!

-De ce sunt aici? întrebă fata.

-De ce *eşti* aici? replică Jeremiel cu bicepşii lui fermi încordaţi şi cu o expresie nerăbdătoare, semn că se chinuia să reziste în această încăpere mult prea mică pentru corpul lui mult prea mare.

-Nu ştiu, răspunse Cassie. Poate că vreau să îi mulţumec pentru fular?

-Atunci mulţumeşte-i, sugeră îngerul.

Doamna Henderson încă purta acelaşi pulover colorat cu Rudolf de mai devreme, dar îşi schimbase bocancii cu o pereche de pantofi cu tocuri mai înalte de zece centimetri. Aceşti pantofi erau cu siguranţă extrem de demodaţi, căci străluceau roşii, etalându-şi vârful foarte ascuţit pe care tinerii îl numeau adesea

„ucigător de gândaci", fiind perfect pentru a se strecura prin crăpăturile podelei şi a omorî „musafirii".

Cassie se apropie pentru a analiza ceea ce croşeta femeia- un alt fular? Aţa albastru care se răsfira din mâinile lovite de artroză ale doamnei Henderson era cârlionţat însă, nu drept. Femeia trase cu putere de fir, cu o mişcare vizibil antrenată, şi continuă să croşeteze. Aţa nu provenea, totuşi, dintr-un ghem obişnuit, ci dintr-un alt pulover pe care doamna Henderson îl deşira şi refăcea.

Cassie se întoarse către Jeremiel.

-De ce îşi strică puloverul pentru un fular?

-Are o pensie modestă, zise îngerul ridicând din umeri. Îi place să ofere cadouri celorlalţi, aşa că reciclează diverse lucruri.

Cassie îşi atinse gâtul gol, la care ar fi trebuit să se afle acum fularul roz bombon, ca de Barbie, pe care îl primise. Însă gâtul avea să rămâne pentru eternitate gol.

-Ce a rămas din el e acolo, spuse Jeremiel făcându-i semn către un coş aşezat lângă scaun.

În el se aflau ghemuri mici care fuseseră transformate din pulovere în fire noi, însă erau încă destul de creţe, la fel ca cel pe care doamna Henderson îl folosea în acel moment. Acest coş era nici mai mult nici mai puţin decât o dovadă a inventivităţii doamnei Henderson.

Cassie apucă ghemul roz de dimensiunea unei mingi de golf şi îl aşeză în propriul buzunar. Aşa. O amintire. O amintire că, odată, cuiva îi păsase suficient de mult de ea încât să îi croşeteze un fular, iar ea- copilă prostuţă- îşi dădea seama abia după moarte că poate ar fi trebuit să aprecieze gestul mult mai mult.

De ce mama ei nu fusese niciodată la fel de inventivă?

-Nimeni nu a învăţat-o să fie, răspunse Jeremiel acestui gând. Bunicii tăi au lăsat-o baltă. A trebuit să se descurce cu puţinele instincte de supravieţuire pe care le avea.

-A făcut o treabă îngrozitoare, replică fata cu răutate.

Jeremiel se retrase încă o dată în spatele expresiei indescifrabile.

-Tu ţi-ai întâlnit vreodată bunicii?

-Ştii foarte bine că da, zise Cassie arătând către propria frunte.

-Nu ştiu decât lucrurile pe care le gândeşti. Contrar părerii populare, să ştii că avem chestii mai bune de făcut decât să vă urmărim peste tot pe voi, oamenii, ca nişte dădace care au grijă de copii mici.

Cassie îşi ţuguie buzele, pregătindu-se să ofere o replică pe măsură. Doamna Henderson se grăbi să se aplece pentru a înşfăca un foarfece mic.

-Perfect! Ştiam eu că pot să termin înainte de petrecere.

Mâinile îi tremurau în timp ce se străduia să îşi înfigă degetele tremurânde în găurile foarfecului. Cassie îşi ţinu respiraţia privind mâinile cuprinse de spasmele bolii Parkinson[5]. Cu o mişcare vioaie, bătrâna tăie firele şi apoi se folosi de o andrea incredibil de lungă pentru a aşeza capetele răsfirate.

Cassie îngenunche în faţa femeii şi încercă să se concentreze asupra cuvintelor în acelaşi mod în care îl văzuse procedând pe Jeremiel:

-Doamna Henderson, nu am apucat să vă mulţumesc pentru fular, însă apreciez foarte mult că v-aţi gândit la mine, mai ales acum că văd cât de mult aţi muncit pentru el. Îmi doresc ca *dumneavoastră* să fi fost bunica mea, nu acea femeie bogată care nu mi-a oferit nici măcar un minut din timpul ei.

Fata atinse unul dintre capetele fularului. Firul o înţepa şi era evident ieftin- genul pe care l-ai găsi într-un magazinaş afgan- cusăturile erau destul de butucănoase, însă faptul că era lucrat manual îl făcea mult mai frumos decât orice şal de caşmir care ar fi putut cumpărat din magazinele scumpe.

-Tu eşti, Herbert? întrebă doamna Henderson, privind către portretul soţului său. Era şi timpul să soseşti! Haide. Ceilalţi ne aşteaptă la parter.

Cassie făcu un pas înapoi. Nu mai era nimeni în încăpere în afară de ea şi Jeremiel.

Fredonând o variantă veselă, însă teribil de greşită a colindului „Rocking Around the Christmas Tree", doamna Henderson se ridică, păşind asemenea unei berze stângace pe tocurile ei roşii de zece centimetri- alias „ucigătoarele de

---

[5] Parkinson este o boală degenerativă care atacă nervii, ceea ce face ca pacientul să tremure incontrolabil. Severitatea tremurului variază.

gândaci". Făcându-şi drum spre uşă, femeia îndesă fularul pe care tocmai îl terminase de croşetat într-o sacoşă de cadou albastră care, judecând după cum arăta, fusese oferită deja de multe ori între rezidenţii azilului.

-Să mergem să îi dăm domnului Cantos cadoul lui de Crăciun, îi spuse bătrâna soţului său absent. Mi-a fost teamă că va trebui să mă ascund ruşinată în vreun colţ pentru că nu am reuşit să termin toate darurile la timp. Pot să jur că în fiecare an îmi ia din ce în ce mai mult!

Doamna Henderson păşi în hol şi plecă, lăsându-i pe Cassie şi Jeremiel în urmă, în camera ei.

-Bine, acum ce?

-Vezi vreo urmă de lumină, fetiţo? întrebă îngerul.

-Nu, răspunse Cassie.

-Tragi de timp, concluzionă Jeremiel ridicându-şi sprâncenele către fată. Nu am toată noaptea la dispoziţie.

-Nu e niciun mod prin care m-ai putea... înfige înapoi în corpul meu? Nu mă poţi vindeca în vreun fel?

-Nu, replică îngerul scurt. Ne este interzis să ne implicăm.

Cassie oftă. Se îndreptă apoi către fotografii, analizându-le pe cele care o prezentau pe doamna Henderson cu soţul cu care aceasta încă vorbea de parcă ar fi fost în viaţă, apoi cu un bebeluş, apoi un copil mic, apoi un băiat şi în final un adolescent. Fotografiile continuau cu doamna Henderson şi soţul ei, însă tânărul nu mai apărea în niciuna.

Cassie se încruntă. Atinse adolescentul cu părul lung care o privea atent dintr-o poză veche, purtând tocă şi robă.

-Ce s-a întâmplat cu el? întrebă fata.

-A fost chemat în armată imediat după liceu, răspunse Jeremiel. În Vietnam. Doamna Henderson ar fi vrut ca el să meargă la facultate, dar băiatul nu era interesant. A reuşit să încheie cu bine două tururi, dar apoi a fost împuşcat chiar în ultima săptămână pe front, înainte să se poată întoarce acasă.

Cassie atinse din nou fotografia.

-Cum de nu vorbeşte cu *el* de parcă ar fi încă aici?

Jeremiel îşi încrucişă braţele la piept. Expresia îi deveni ostilă, însă Cassie nu credea că era nervos pe *ea*.

-Sunt unele lucruri pe care voi, oamenii, ar fi mai bine să nu le ştiţi.

Fata se uită adânc în ochii de un albastru intens ai îngerului, însă aceştia căpătaseră între timp o nuanţă întunecată de violet, care se asemăna cu cea a aripilor. Cassie observă încă o dată semnele lăsate de o pereche de gheare, care străbăteau fruntea îngerului şi dispăreau apoi sub linia părului. Ce lucruri teribile văzuse, oare, acest înger care îşi petrecea acum timpul făcându-i ei pe plac?

-Poate că de aceea mă tot bătea la cap să merg la facultate, concluzionă Cassie cu blândeţe. într-un fel sau altul, şi-a dat seama că mă zbăteam.

Privirea de o intensitate înfricoşătoare a lui Jeremiel se transformă, iar ochii negri îşi recăpătară culoarea purpuriu-albăstrie. Cassie simţise *ceva* modificându-se în momentul în care adusese la lumină orice amintire oribilă pe care îngerul se tot străduia să o reprime; ceva întunecat, care nu fusese în totalitate învins. Poate că Jeremiel avea dreptate. Poate că era mai bine dacă îngerii nu se amestecau în treburile oamenilor.

-Deci acum unde mergem?

-Ce ai nevoie să mai vezi înainte să o tai de aici?

Cuvintele lui Jeremiel sunau dur, însă expresia îi devenise mai blândă. Deja îşi întinsese mâna pentru a o ajuta pe Cassie să străbată drumul până la următoarea viziune.

-Dacă aş fi domnul Dickens, răspunse fata, aş zice că trebuie să mă duci în viitor, să privesc oamenii certându-se în legătură cu lenjeria mea de pat şi apoi arătând fatidic spre un mormânt gol.

-Nu sunt Fantoma Crăciunului Viitor, explică Jeremiel. Şi nici Îngerul Morţii.

Cu o străfulgerare de lumină, îngerul o trase către următorul loc în care trebuia să ajungă.

Capitolul Unsprezece

Nimicul scârţâia atât de puternic încât Cassie se simţea de parcă avea să o distrugă, deşi Jeremiel o strângea la pieptul lui. Fata ţipă, însă vidul îi înghiţi cuvintele, iar ea se lăsă copleşită de teamă. Era dureros de conştientă de faptul că inima îngerului bătea chiar sub urechea ei, în timp ce în *propriul* piept nu se mai distingea niciun fel de ritm şi niciun fel de mişcare. Jeremiel era încă în viaţă, iar ea era cât se poate moartă.

Încă ţipa atunci când Nimicul îi eliberă din strânsoarea sa către strălucirea soarelui unei zile de vară. Jeremiel o ţinu în braţe până când fata se linişti.

-Devine din ce în ce mai rău, spuse ea.

-Conştiinţa ta se deteriorează, explică Jeremiel încruntându-se. Ai rezistat mai mult decât majoritatea, dar odată ce plec, ori mergi spre lumină, ori rămâi captivă în întuneric.

Cassie privi în jur, încercând să recunoască împrejurimile. De această dată se aflau în cartierul Fresh Holes, din Hyannis. Erau înconjuraţi de mai multe blocuri cu duplexuri finanţate de guvern, în care cei săraci locuiau tăcuţi, temându-se să iasă din casă pentru a nu deranja traficanţii de droguri. Judecând după canicula de afară şi după gradul de umiditate, Cassie aprecie că era probabil jumătatea lunii august.

-Ce facem aici?

-Tu să îmi zici. Ăsta e exerciţiul *tău* de amânare constantă.

Cassie se încruntă.

-Sună de parcă ai fi nervos pe mine.

-Nervos?

Jeremiel arătă către soare:

-În timp ce mă aflu aici ajutându-te *pe tine,* nu prea mă ocup de ceea ce am fost *trimis* să fac aici.

-Şi ce e acel ceva, mai exact?

-Să analizez.

-Să analizezi ceva?

-Doar... să analizez.

-Ei bine, mă analizezi *pe mine,* spuse Cassie cu un rânjet timid. Trebuie să conteze la ceva, nu-i aşa?

-Nu.

Judecând după expresia lui întunecată, Jeremiel nu se distra deloc. Cumva, Cassie bănuia că „a analiza" însemna ceva mai mult decât a trage cu ochiul pe la ferestre ca un băgăreţ angelic.

Fata fusese în acest cartier de câteva ori cu Mauricio, dar toată lumea ştia că trebuie să stai departe de zonă. Cape Cod are o criminalitate extrem de scăzută, însă crimele care *avuseseră* loc în acest cot fragil de nisip care se înălţa din ocean asemenea unui braţ se întâmplaseră în aceeaşi regiune- acest cartier.

-Ai mai fost pe aici? o întrebă Jeremiel.

-Doar o dată, cu Mauricio.

-La ce casă aţi mers?

Cassie analiză cartierul. Mauricio o adusese la o locuinţă vopsită în „verde portughez" pentru a-şi vizita fratele, dar o lăsase să aştepte în maşină, afară. Casa era în continuare acolo, însă vopseaua se scorojise, iar tufişurile din gardul viu nu mai erau îngrijite atent. Jucăriile unor copii erau împrăştiate pe peluza din faţă. O cadă pe jumătate îngropată, cu o statuie a lui Iisus în mijloc, care se presupunea a deveni la un moment dat un soi de altar, fusese de multă vreme abandonată.

-Cât de departe în viitor suntem? întrebă Cassie.

-Aproximativ şase ani.

-Cum faci asta? Să mergi spre viitor sau spre trecut?

Jeremiel privi drept prin ea; ochii albaştri străluceau în nuanţa ametistului în timp ce el căuta un trecut pe care Cassie nu îl putea întrezări. Simţi furnicături în corpul acum gol şi expus, însă nu era nimic erotic în acea senzaţie. Mai resimţise senzaţia înainte că Jeremiel să o ducă undeva, dar aceasta era prima dată când fusese într-adevăr conştientă de faptul că îngerul *făcea* ceva.

-Să vezi trecutul e uşor, explică Jeremiel în timp ce ochii strălucitori de ametist îşi recăpătau obişnuita nuanţă întunecată de albastru-purpuriu. Ceea ce tu vezi drept perioade separate din viaţa ta, spiritul recunoaşte drept o serie de lecţii, ca o înşiruire a zilelor de şcoală. Cu cât trăieşti mai mult, cu atât devii mai conştient de faptul că în interiorul tău nu reverberează doar ecoul acestei vieţi, ci şi al multor altora. Acesta e motivul pentru care legi atât de uşor relaţii cu unele persoane, iar în cazul altora ai nevoie de mai mult timp pentru a le cunoaşte.

-Aşa a fost cu Mauricio, zise Cassie încet. L-am întâlnit şi pur şi simplu am simţit că trebuie să *fiu* cu el.

Jeremiel o privi gânditor. Nu. Dacă într-adevăr trebuia să descrie sentimentul, atunci cuvântul potrivit ar fi „să sufere".

-Nu trebuie să ai încredere oarbă în acel sentiment, spuse îngerul masându-şi pieptul. Uneori, persoanele cu care ţi se intersectează drumul din nou şi din nou sunt de fapt acelea care te-au rănit în viaţa *trecută*. Şi dacă nu ai grijă, şi *această* viaţă îţi va aduce exact ce ţi-a adus şi cealaltă.

Buzele i se coborâră şi ochii i se concentrară asupra unui trecut care de această dată nu era al lui Cassie, ci chiar al lui. Fata avu prezenţa de spirit de a rămâne tăcută şi de a-l lăsa pe Jeremiel să contempleze acest trecut care nu presupunea doar nori pufoşi şi cântece corale, după cum spunea dogma.

-Îngerii trăiesc mai mult de o viaţă? întrebă ea în cele din urmă. Ca noi, oamenii?

Aripile lui Jeremiel se înfoiară, formând un soi de cuşcă de protecţie care îi înconjura umerii şi reflecta chiar suferinţa fetei.

-Uită că am întrebat.

De această dată, Cassie era cea care îi întindea mâna *lui*. Îngerul îşi strânse braţele ferm la piept, însă gestul nu era unul dezaprobator, ci de protecţie.

-Da, răspunse el în final.

-Da, ce? întrebă fata.

-Da, chiar şi arhanghelii au mai trăit înainte.

-Arhangheli?

-Îngeri superiori, clarifică Jeremiel. E vorba de ceea ce diferenţiază un înger obişnuit, care e la fel de muritor ca tine- chiar dacă trăieşte mai mult- de un arhanghel, a cărui conştiinţă a evoluat suficient încât acesta să se elibereze de repetitivitatea renaşterii.

-Tu ce fel de înger eşti?

-Contează?

Cassie ridică din umeri:

-Cred că nu. Eram pierdută şi *tu* te-ai oprit să mă ajuţi. Asta este tot ce am nevoie să ştiu.

Jeremiel mormăi în semn de aprobare.

Cei doi înaintară spre casa pe care o vizitase cândva Mauricio. Era evident că decăzuse de când fusese Cassie ultima dată acolo. Era de parcă persoana căreia cândva îi păsase de această locuinţă hotărâse într-o zi că nu mai voia să se deranjeze să o întreţină. Cam la fel cum Cassie hotărâse să nu se mai epileze pe picioare la câteva săptămâni după ce Mauricio îi dăduse papucii. Adevărul era că întotdeauna o enervase faptul că îi spunea „iubito" şi că se purta cu ea de parcă ar fi fost vreo prostănacă, nemaipunând la socoteală şi obiceiul de a îi cere bani mereu. Dacă *el* nu i-ar fi dat papucii, ea s-ar fi convins vreodată să o facă în locul lui?

Fata privi către îngerul înalt de vreo doi metri şi ceva, care se înălţa maiestuos lângă ea. O singură întrevedere cu *el* în urmă cu şase zile ar fi fost suficientă pentru a o convinge să se sustragă de la relaţia cu Mauricio şi să abordeze ceva *mult* mai bun.

Jeremiel rânji cu superioritate. Cassie îi aruncă o privire răutăcioasă.

-Da, da, ştiu, asta nu-i vreo poveste de dragoste paranormală şi nu ai voie să-ţi murdăreşti penele preţioase pierzând timpul cu femei umane.

Rânjetul îngerului se lărgi. Genele lui deosebit de lungi şi negre îi umbreau ochii într-un mod despre care, dacă nu ar fi fost aşa distant, Cassie ar fi bănuit că însemna că flirta cu ea în derâdere.

-O, mai termină! se răsti ea. Dacă nu, te chelesc ca pe o găină!

Braţele lui Jeremiel se desprinseră din dreptul pieptului. Râsul care străbătu liniştea avea surprinzătoare atribute muzicale. Încă o dată, Cassie îşi aminti că această creatura purta în sine o fărâmă de divinitate.

-De ce suntem aici, Jeremiel?

-Cred că tocmai ţi-ai răspuns la propria întrebare, zise el arătând către casa dărăpănată. Ştii cine locuieşte aici?

-Fratele lui Mauricio?

-Nu, răspunse îngerul. Asta ţi-a spus el.

-Atunci cine? Fata portoricană? Am crezut că o să se despartă de el, având în vedere cum a fugit după ce te-a văzut pe tine acolo.

-Nu, replică Jeremiel din nou. Implicarea noastră a schimbat cursul poveştii.

-Deci a ieşit şi ceva bun din toată povestea asta?

Cassie îl privi în ochi. Dintr-un motiv sau altul, nu părea pe cât de nemulţumit ar fi *trebuit* să pară dacă, după cum insista, îngerii nu ar fi trebuit să se implice în chestiunile omeneşti.

-Jucătorii ca Mauricio îşi găsesc *întotdeauna* o altă victimă, spuse Jeremiel şi privirea i se întunecă. Dacă nu a reuşit ce şi-a dorit atunci, a trecut pur şi simplu mai departe, către o pradă mai uşoară.

Uşa casei decăzute se deschise. O femeie de origine african-americană ieşi în prag, însoţită de mai mulţi copii a căror piele varia în culoare, de la aproape alb până la negru pur. Vârstele lor erau de asemenea destul de diferite- femeia era însoţită atât de un bebeluş, cât şi de o fată ceva mai mare, ambii negri. Totuşi, cel care îi atrase atenţia lui Cassie fu un băieţel care stătea la mijloc: nu părea să aibă mai mult de şase ani, iar tenul lui avea o nuanţă măslinie. Copilul semăna la perfecţie cu Mauricio.

Femeia se aşeză pe un scaun vechi de grădină, genul acela cu cordoane încrucişate de nailon, şi scoase un telefon mobil în timp ce copiii se jucau. Cassie era uimită de cât de mult îi amintea această doamnă de mama sa, în ciuda culorii pielii.

-Cine este? întrebă ea.

-Mama ta l-a căutat pe Mauricio după înmormântare. A bătut la uşa fiecăruia dintre proprietarii caselor la care angajatorul lui îl trimitea să lucreze în curte, şi a spus tuturor că el e responsabil pentru moartea fiicei ei. După ce a reuşit să facă în aşa fel încât Mauricio să fie concediat, tipul a revenit aici ca să trăiască pe spinarea femeii ăsteia. *Ea* primeşte ajutor social şi casă din partea guvernului, căci nu sunt căsătoriţi şi e foarte săracă, iar *el* are doar de câştigat pentru că singura lui cheltuială este cea pentru maşină.

-Are în continuare aceeaşi maşină?

Jeremiel arătă către o maşina nou-nouţă- o Toyota Camry roşie. Cassie îşi ţuguie buzele într-un mod care exprima severitate. Unde era Mauricio? Putea oare să se facă vizibilă şi să îl sperie ca naiba cu capul ei spart şi oasele înfundate în craniu? Şi dacă putea, nu ar fi fost minunat să îl lovească în zona sensibilă şi să îl sterilizeze odată pe acest nenorocit?

O maşină marca Honda Civic destul de uzată se opri în dreptul casei. Vopseaua de pe caroserie se scorojea din cauza ruginii care ameninţa asemenea unei epidemii toate maşinile din Cape Cod datorită apropierii peninsulei de Oceanul Atlantic. O femeie foarte obosită, care purta o uniformă colorată de asistentă, coborî din maşină. Băieţelul cu ten măsliniu care semăna atât de bine cu Mauricio alergă spre ea şi o îmbrăţişă.

-Tatăl tău e acasă? întrebă femeia.

Care era numele ei? Cassie scotoci prin minte, încercând să îşi amintească numele trecut la finalul mesajului din telefonul lui Mauricio. Melita. Numele femeii era Melita.

-E înăuntru.

-Poţi să mergi înăuntru şi să îl chemi, te rog?

Băiatul făcu întocmai ce fusese rugat.

Femeia african-americană îşi închise telefonul. Cele două se priviră îndelung una pe cealaltă, cu expresii ostile.

-De ce tot vii p'aici să ceri bani? întrebă proprietara casei. Ştii că n-are nimica.

-Dar are un copil pe care trebuie să îl întreţină, zise Melita. Şi trebuie să îşi mişte odată fundul şi să facă rost de o slujbă.

-Economia e proastă, insistă femeia. Nu-i de lucru pentru ăştia care au pielea maro. Doar pentru albi.

-Nici eu nu sunt albă, replică Melita. Şi am o slujbă. Vorbim de Cape Cod în timpul verii, oricine care are un CNP şi puls poate să facă rost de un loc de muncă.

-Visezi, oftă mama copiilor. Am încercat deja. Am prea mulţi copii ca să plătesc factura de la creşă. Costă mai mult pentru unul singur decât fac eu cu minim pe economie, d'apăi pentru trei. Plus al tău.

Melita îngenunche în dreptul femeii negre. Nu părea nervoasă, în ciuda faptului că proprietara casei se purta nepoliticos. Părea mai curând plină de compasiune.

-Ascultă, Aliyah. Avem un loc disponibil la azil. Ajutor de asistentă. Slujba e plătită cu şaptesprezece dolari pe oră. Tot ce trebuie să faci e să urmezi un curs de şase săptămâni şi, în timpul cursului, vei fi plătită cu nouă dolari şi cincizeci de cenţi pe oră.

-Dar de copiii mei cine-o să aibă grijă? întrebă Aliyah.

-Lasă-l pe *el* să o facă, replică Melita. Dumnezeu ştie că nu-i bun de nimic altceva.

-Nu stă acasă cu copiii, zise Aliyah. Şi dacă stă, şi-aduce prietenii aici tot timpul şi n-are grijă să vadă dacă ies ăştia mici în stradă.

-Atunci de ce mai stai cu el?

-Cine altcineva să mă vrea pe mine? oftă Aliyah. Aş fi singură, ca tine.

Cassie se simţea de parcă cineva tocmai îi înfipsese un pumnal în inimă. Nu numai că ar fi putut fi chiar *ea* în situaţia aceasta dacă ar fi rămas cu Mauricio, ci conversaţia la care asista se asemăna şi în mod straniu cu cea la care asistase între bunica şi mama ei, chiar înainte ca aceasta să se sature şi să rupă orice legătură cu ele.

Melita o strânse de mână pe femeie, încercând să o liniştească.

-N-am nevoie de un bărbat ca să fiu fericită, zise ea, mişcându-şi mâna spre locul în care stăteau *ei*. Dumnezeu are un plan. În rest, pur şi simplu mergi mai departe.

Cassie privi către Jeremiel, a cărui expresia era secretoasă, însă ciudat de vinovată.

-Ai mai verificat-o?

Jeremiel ridică din umeri:

-Poate. Voiam doar să mă asigur că e bine.

-Aveam senzaţia că nu trebuia să ne lăsaţi să vă vedem.

-Nu am zis că m-a văzut, replică îngerul. Pur şi simplu am... tras cu ochiul. Nu e vina *mea* că poate să îmi simtă prezenţa.

-Când?

-Nu e treaba ta.

Cassie îşi îndreptă din nou privirea către casa în curtea căreia se jucau mai mulţi copii, unii ai Aliyahlei, alţii ai altcuiva. Oare erau toţi ai lui Mauricio?

Mauricio apăru în cele din urmă în prag. Era încă foarte chipeş, însă corpul lui nu se mai asemăna cu cel ferm al unui peisagist. Acum era mai degrabă moale şi deşirat, cam ca al lui Ezra.

Melita se ridică şi orice urmă de compasiune se şterse din trăsăturile ei oacheşe. Păşi către Mauricio, cu mâna întinsă înainte de parcă era Fantoma Crăciunului Viitor, care judeca.

-Îmi datorezi $5,750, bani adunaţi şi din urmă pentru pensia alimentară!

-Aşa, şi? răspunse Mauricio ridicând din umeri şi privind către femeia neagră cu un rânjet. Treci şi tu la rând!

-De unde a mai apărut şi *aia*? insistă Melita, arătând spre noua Toyota Camry.

-E finanţată.

-Rata pentru maşina aia ajunge la peste $500 pe lună! Bani pe care mi i-ai putea da *mie*! Şi Aliyahei. Şi tuturor celorlalte femei care se chinuie să îţi crească progeniturile fără vreun pic de susţinere!

Mauricio se apleacă spre Melita, iar vocea îi coborî până la un mârâit ameninţător.

-Cunoaşte-ţi lungu' nasului, femeie.

Melita îi înfipse un deget în obraz.

-Hai! Pune un deget pe mine şi te bag iar la puşcărie!

Mauricio se îndreptă.

-De ce nu îl susţii *tu* cu bani? întrebă el arătând spre propriul fiu. Câştigi mai mult ca mine.

-Asta pentru că eu *muncesc!*

Băiatul se strecură uşor spre maşina mamei sale şi îşi aşeză rucsacul înăuntru. Părea speriat.

-Mami?

Melita se întoarse către fiul ei, care era mult prea mic pentru a înţelege de ce părinţii lui se certau întotdeauna.

De câte ori ascultase Cassie însăşi genul acesta de certuri între mama şi tatăl ei? De câte ori îl ascultase pe tatăl ei dând vina pe mama sa, în condiţiile în care *ea* lucra, iar el părea să fie întotdeauna în căutarea unei alte slujbe? Cât de mult o învinuise şi ea însăşi pe mama ei pentru că tatăl le părăsise?

-Ia-mă de aici, îi spuse Cassie lui Jeremiel.

-Ai terminat?

-Am văzut tot ce aveam nevoie să văd.

Jeremiel îşi înfoie aripile şi amândoi fură transportaţi *la mijloc.*

Capitolul Doisprezece

După cum se aştepta, Jeremiel o aduse într-un cimitir. Totuşi, locul nu era întunecat şi înfricoşător, căci soarele strălucea şi o pasăre cu aripi roşii îşi răspândea trilul pretutindeni în timp ce căuta insecte prin fiecare tufiş.

-Asta e partea în care apare Moartea şi îmi face semn spre mormântul meu? întrebă Cassie.

Jeremiel mângâie o piatră funerară:

-Poate că ar trebui să citeşti ce scrie aici întâi.

Cassie se aştepta să îşi vadă *propriul* nume însemnat pe granitul gri, însă îl zări, de fapt, pe cel al tatălui său.

-Uită-te la dată, o încurajă Jeremiel.

Cassie îngenunche şi atinse pe granitul sculptat.

-A murit a doua zi după ce am murit şi eu, şopti ea. Credeam că mai avea o săptămână.

-A rezistat doar pentru că mama ta i-a promis că o să îţi spună că e pe moarte, răspunse îngerul. Odată ce a aflat că ai murit, a renunţat şi el.

Câteva lacrimi alunecară pe obrazul fetei.

-Eu voiam să merg să îl văd doar ca să îi spun cât de mult îl urăsc.

-Ştiu.

Cassie îşi plecă încet capul, plângând. Jeremiel nu o strânse în braţe şi nici nu încercă să o consoleze, însă expresia lui nu părea să spună că ar fi condamnat-o. Simpla sa prezenţă era reconfortantă.

-Nu vreau să îl văd, zise fata. Nu vreau să îl văd *niciodată*! Niciodată! Niciodată! Nici măcar în rai!

Se aştepta ca Jeremiel să se certe cu ea, să îi ţină o predică despre iertare, despre cum nu înţelegea întreaga situaţie, la fel cum mama tatălui ei o făcuse de fiecare dată când bunica sa suna şi inventa scuze despre fiul ei. Era motivul pentru care renunţase la facultate atunci când avusese ocazia. Spre marea ei surpriză, îngerul nu o condamnă. Îi puse o mână pe umăr, cu căldură şi înţelegere, şi o lăsă să plângă atât cât simţi nevoia.

-După tot ce ai văzut, în continuare refuzi să îl vezi? o întrebă în cele din urmă.

-Da, suspină Cassie, ştergându-şi nasul cu mâneca. Nici măcar ca să mă cert cu el.

Expresia lui Jeremiel era în continuare surprinzător de înţelegătoare.

-Atunci asta este alegerea ta, răspunse el. Uneori, singurul lucru pe care îl poţi face este să te desprinzi de întreaga poveste şi să mergi mai departe.

Cassie ridică privirea spre el şi observă, cu toate că ochii îi erau înceţoşaţi de lacrimi, că îngerul purta din nou acea expresie meditativă, parcă bântuită; ochii lui albastru-purpurii erau melancolici, îndreptându-se spre propriul trecut. Era, oare, un arhanghel? Fata bănuia că Jeremiel putea să îşi exploreze *multe* dintre vieţile trecute. Pe cine lăsase *el* în urmă, această femeie care îl făcea încă să îşi maseze pieptul din cauza absenţei ei?

Cassie îi întinse mâna.

-Unde e lumina asta spre care se presupune că ar trebui să merg?

Buzele lui Jeremiel se arcuiră într-un zâmbet nostalgic.

-Va veni, răspunse el. Haide. Acesta este un loc frumos. Plimbă-te puţin cu mine, iar apoi ne vom lua la revedere.

Cei doi înaintară printre morminte- unele erau decorate cu steaguri, altele rămăseseră goale, iar câteva, mai norocoase, se iveau îmbrăţişate de flori. Se opriră în faţa unei a doua pietre funerare. Cassie citi inscripţia.

-Este doamna Henderson.

Fata îşi trecu degetele peste granitul care anunţa că bătrâna murise în urmă cu doi ani şi se alăturase soţului său, Herbert, fiului lor, Jonathan, şi unei a patra persoane, denumite simplu „fetiţă născută moartă".

-Este bine?

-Toţi sunt bine când trec înapoi spre Tărâmul Viselor, răspunse Jeremiel. Poate doar puţin enervaţi pentru că se văd nevoiţi să repete aceleaşi lecţii ale vieţii din nou şi din nou.

Doamna Henderson şi soţul ei se tot întorc pentru a-şi îndruma băiatul.

-Dar fetiţa? întrebă Cassie.

Jeremiel aşeză o mână caldă şi liniştitoare pe umărul fetei, care resimţi acelaşi fior electric pe care avea să îl asocieze pentru totdeauna cu prezenţa lui.

-Va continua să încerce până îşi va da seama cum să reuşească.

Lui Cassie acest răspuns îi păru reconfortant într-un mod straniu. Se ridică, sperând că Jeremiel avea să o ia de mână.

-Sunt pregătită, spuse ea. Du-mă la mormântul meu.

Jeremiel merse alături de ea în linişte. Soarele se reflecta în aripile lui violet-negre, amintindu-i fetei încă o dată de pasărea ei favorită. Îngerul îi aruncă o privire din colţul ochiului, prin genele lungi şi negre. Expresia lui nu era deloc reţinută. De fapt, părea chiar mândru de ea. În cele din urmă, se opriră în dreptul unei pietre funerare mici şi plate- nu cu mult mai reuşită decât o simplă placă însemnată cu numele ei şi data morţii.

-Deci ăsta este...

-Da, ăsta este.

-Mă aşteptam să fie mai... mare?

Jeremiel ridică din umeri:

-Mormintele costă mulţi bani. Asta este tot ce şi-a putut permite mama ta.

Cassie privi îndelung către mormânt. În loc să o sperie, îşi dădu seama că se simţea şi faţă de acesta în acelaşi mod în care se simţise faţă de oricare altul din cimitir. Curioasă, dar atât. Nicio altă emoţie. Deja se obişnuise cu gândul că era moartă.

-O să fie în regulă? întrebă ea.

-Cine?

-Mama.

-O voi verifica din când în când, o asigură Jeremiel. Viaţa merge înainte.

Cassie continuă să privească piatra funerară, atât de plată încât îngrijitorul care tăia iarba ar fi putut trece pe deasupra ei fără să îşi atingă lama câtuşi de puţin. Firele verzi erau însă tăiate cu grijă în jur, de parcă ar fi fost prelucrate cu un foarfece.

-Unde e lumina asta pe care ar trebui să o văd?

Jeremiel făcu un semn către o rablă care tocmai se arăta în cimitir, împrăştiind fum negru pretutindeni şi pufnind când şoferul opri. Cassie nu se putu abţine să nu zâmbească. Ar fi recunoscut maşina lui Ezra oriunde.

-Cred că mai este un lucru pe care trebuie să îl vezi.

Jeremiel păşi în spate, astfel încât să nu mai blocheze drumul dintre cei doi. Ezra coborî din maşină, imposibil de înalt şi de slab, cu părul negru pieptănat spre faţă, astfel încât bretonul aproape că îi acoperea cu totul ochii. Se poticni căutându-şi laptopul pe bancheta din spate, iar apoi se îndreptă către Cassie, sau mai bine spus către mormântul ei. Fata se dădu la o parte pentru ca Ezra să nu treacă prin ea.

Băiatul se aşeză pe iarbă şi îşi porni laptopul. În timp ce acesta se deschidea, îl aşeză lângă el şi scoase şi un foarfece obişnuit din geantă. Cassie observă că se îngrăşase puţin; doar puţin. Suficient încât să nu mai pară aşa de slăbănog. Scăpase şi de acnee. Tricoul cu trupa emo de altădată făcuse loc unei variante ceva mai respectabile- o bluză marca American Eagle, cea pentru tinerii care iubesc mountain biking-ul şi căţărările.

Deci aşa avea să arate Ezra în şase ani? Fata se întrebă dacă încă lucra la cafenea. Probabil... Ezra fusese întotdeauna ridicol de loial.

-Ţi-am zis că o să mă întorc săptămâna asta, spuse băiatul în timp ce tăia iarba pentru ca numele lui Cassie să nu fie acoperit. Nu am venit eu întotdeauna când trebuia?

Împrăştie iarba tăiată, asigurându-se că nu rămâneau nicăieri mormane mai mari, iar apoi îşi trase laptopul în poală. Trilul unei mierle şi briza oceanului, întotdeauna prezentă, accentuau sunetul provocat de degetele lui care se loveau de taste. Deschise orice ar fi fost acel lucru pe care venise să i-l arate.

-Vezi? rosti Ezra către mormântul ei. Ţi-am spus că într-o zi o să-l fac mare.

Pe ecran se zărea un joc video care prezenta un univers cu zombie post-apocaliptici. Ezra rămase tăcut în timp ce îşi croia drum prin diferitele niveluri, până când ajunse în punctul în care o fată îmbrăcată în haine Goth decapita o hoardă de zombie cu o sabie. Ezra puse pauză.

-Vezi, continuă el. Ţi-am spus că o să îmi iasă. Eu am făcut subprogramul ăsta. Va fi pus la vânzare în toate versiunile pentru X-Box şi PlayStation Crăciunul acesta. Vei fi faimoasă, Cassie. Toată lumea va vedea cât de minunată ai fost.

Cassie se uită la ecran. De acolo o privea un avatar electronic destul de bun- *ea însăşi.*

-Aia sunt eu? îl întrebă ea pe Jeremiel.

Îngerul aprobă scurt din cap.

Ezra mângâie piatra simplă de mormânt.

-Mi-ar plăcea să fii aici ca să vezi toate astea, zise el cu ochii plin de lacrimi. Îmi lipseşti, Cassie.

Fata îngenunche lângă el, simţind nodul care i se forma în gât.

-Sunt aici, Ezra, spuse cu blândeţe. Nu poţi să mă vezi?

Ezra ridică privirea, de parcă ar fi putut să îi simtă prezenţă, dar apoi îşi şterse lacrimile şi se concentră din nou asupra jocului video.

-Mă voi mai întoarce de câteva ori săptămânile viitoare, continuă băiatul mângâind mormântul. Dar apoi trebuie să plec. Compania de jocuri video mi-a oferit un salariu pe care nu îl pot refuza.

Închise laptopul şi îl aşeză înapoi în geantă. Cassie plânse în timp ce Ezra îşi aşeză din nou mâna pe piatra funerară.

-Oriunde ai fi, Cassie, rosti el, sper că eşti fericită. Poate că atunci când va veni şi rândul meu să vin acolo îmi vei oferi în sfârşit o şansă?

Îşi sărută propriile degete, după care le lipi de piatra funerară.

-La revedere, şopti Ezra.

Umerii îi căzură. Îşi aşeză laptopul în geantă, înapoi pe bancheta din spate, porni motorul rablei pe care o conducea şi părăsi cimitirul, lăsând în urmă un nor de fum negru. Chiar dacă şi-ar fi *permis* o maşină nouă, Cassie ştia foarte bine că Ezra ar fi continuat să o folosească pe aceasta până când nu ar mai fi reuşit să o urnească din loc.

Fata se răsuci pentru a privi către Jeremiel.

-Nu am ştiut niciodată, zise ea.

Singurul răspuns pe care i-l acordă îngerul fu un foşnet slab de aripi. Avea o expresie care exprima milă, însă Cassie nu era întru totul sigură dacă mila îi era adresată ei sau lui Ezra.

-Presupun că e prea târziu ca să mai fac ceva acum, continuă fata, holbându-se îndelung spre zona în care dispăruse maşina lui Ezra. Mi-ar fi plăcut să îl observ pe *el,* în loc să îmi pierd timpul ţinându-mă după un nenorocit ca Mauricio.

-Ai avut exact ceea ce ţi-ai dorit tot timpul, explică Jeremiel. Nu eşti nici pe departe prima persoană prea oarbă să remarce ceea ce se află chiar în faţa ei.

Vocea îngerului era intensă; suna de parcă vorbea din experienţă proprie.

-Dar *tu* ce îţi doreşti? îl întrebă Cassie.

Jeremiel se retrase din nou în spatele măştii indescifrabile pe care o purta adesea, iar ochii lui deveniră mai mult albaştri decât violet. Totuşi, nu părea furios.

-Se presupune că îngerii nu trebuie să aibă dorinţe, răspunse calm. Suntem aici pentru a proteja şi a sluji.

-Asta nu e tocmai corect.

-Nu, replică el, agitându-şi exasperant aripile. Dar până când specia *voastră* nu evoluează pe măsura speciei *noastre*, aşa trebuie să stea lucrurile.

Cassie nu ştia foarte bine la ce se referea Jeremiel, dar observă faptul că acesta îşi masa din nou pieptul. Deci? Cea care îl rănise fusese o fiinţă *umană*? Judecând după modul în care se comporta îngerul, fata putea intui că rana se vindecase de ceva vreme, însă era de asemenea evident că încă îl mai durea, în acelaşi mod în care încheietura pe care ea şi-o fracturase cândva o mai chinuia atunci când ploua.

Deodată, îşi dădu seama că lumina despre care crezuse iniţial că era reflexia soarelui în albul pietrei funerare de granit devenise mult mai strălucitoare şi avea acum o dimensiune suficient de mare pentru ca o fată de statura ei să o străbată.

-Cred că asta este cursa mea, zise Cassie.

Jeremiel privi către lumină şi aprobă din cap.

-Totul va fi bine, fetiţo. Doar aminteşte-ţi ceea ce ai învăţat pentru a nu repeta aceleaşi greşeli dureroase din nou.

-Îmi voi aminti.

Îşi dorea să îl îmbrăţişeze, să se arunce în braţele lui şi să îl strângă cu toată puterea, pentru că pe *el* îl cunoştea, iar lumina era mult prea înfricoşătoare. Totuşi, el era un înger, iar Cassie avea sentimentul că nu se comporta pe atât de distant sau superior pe cât pretindea că ar trebui să o facă datorită acestui statut. Aşadar, fata se mulţumi doar cu a mângâia o pană violet-cenuşie, strălucitoare. Era moale, chiar luxuriantă, aproape ca orice altă pană, dacă nu luai în considerare nuanţele şi umbrele care se întrezăreau dedesubt. Jeremiel aşteptă până când degetele lui Cassie ajunseră la capătul penei înainte de a o smulge din mâna ei.

-Nu îmi atinge aripile, spuse cu blândeţe. Nimeni nu are voie să îmi atingă aripile.

Cuvintele lui exprimau o stare pe care expresia melancolică o contraziceau. Fata îi zâmbi indulgent:

-Mulţumesc, Jeremiel!

Îl ţinu strâns de mână în timp ce păşea spre lumină, până când doar vârfurile degetelor li se mai împreunau, iar, în final, îi dădu drumul.

Capitolul Treisprezece

Întuneric.

Frig.

În jurul ei răzbătea un sunet teribil, însă nu aducea cu sine acelaşi sentiment tulburător pe care îl provocase Nimicul. Luminiţe sclipitoare dansau înaintea ochilor ei asemenea unor stele. Se întinse şi simţi brusc un cerc uriaş şi rece înconjurând-o.

Ce Dumnezeu?!

Sunetul deveni din ce în ce mai puternic, mai ascuţit, ca un şuierat. *Faţa* o durea. Apucă volanul şi îşi retrase corpul din dreptul lui. În timp ce făcea acest lucru, sunetul se opri.

Cassie deschise ochii.

În faţa ei, ştergătoarele alunecau pe parbriz, ezitau, apoi alunecau din nou pentru a curăţa fulgii moi şi umezi de zăpadă. Motorul vechii sale maşini Ford Taurus torcea sub picioarele ei, încă pornit, în timp ce la radio răsunau acordurile unei melodii ale trupei Goth BrunuhVille. Ceasul indica ora 7:27. Dacă acesta era Raiul, era evident că arăta teribil de asemănător cu Pământul.

Cassie coborî din maşină, atentă ca de această dată să atingă mânerul. Solid. Se simţea solid sub atingerea ei. Iar uşa scârţâi exact asa cum trebuia să scârţâie, având în vedere cât de veche şi lipsită de ulei era. Fata păşi afară şi examină pagubele, analizând maşina din faţă.

Vehiculul lovise copacul, însă înainte de a se izbi de trunchi agăţase şi un munte de zăpadă, care fusese suficient pentru a îl încetini, însă nu suficient de vechi pentru a se fi transformat într-un perete de gheaţă. Coliziunea făcuse ca bara din faţă să se îndoaie, dar impactul rămăsese destul de slab pentru ca nici măcar capota să nu fie atinsă. Se părea că acest morman de omăt salvase viața fetei.

Cassie se ciupi și își frecă obrajii. Vie. Era încă vie. Își atinse fruntea în locul în care știa că își spărsese capul, iar mâna i se murdări de sânge. Sângera. Chiar sângera. Își înfipse degetele în gură și se bucură de gustul sărat, metalic al sângelui. Nu prea mult, ci doar atât cât să își demonstreze că era încă în viață.

În viață. Era încă în viață!

Se învârti, învăluită de fulgii care cădeau din văzduhul întunecat și care se lăsau luminați sub strălucirea farurilor mașinii. Își aruncă deodată capul pe spate și deschise gura. Un mic cristal alb ateriză pe limba ei, scoase un sunet asemenea unui scârțâit slab, iar apoi își eliberă aroma umedă și dulce. Deși gustul era rece, umed și total inconfortabil, Cassie era fericită că îl putea simți.

-Uuhuuu! strigă fata.

Apoi, urcă din nou în mașină și observă că luminița roșie din colțul telefonului mobil de pe scaunul din dreapta clipocea. Atinse ecranul pentru a vedea ce apel ratase. Era, de fapt, un mesaj de la Mauricio.

> *Hei, iubito,*
>
> *Îmi pare rău că ai aflat în felul ăsta. Acum cinci zile vine Melita la mine și-mi zice că-i gravidă. Sunt destul de sigur că minte, dar aveam nevoie de timp să mă gândesc.*
>
> *Tocmai am rupt-o cu ea ca să fiu cu TINE.*
> *Sună-mă, da?*
>
> *Te iubesc,*
> *Mauricio*

Cassie privi îndelung ecranul telefonului. Exista posibilitatea ca totul să fi fost doar o neînțelegere? Poate că Mauricio într-adevăr nu își dorise să se despartă de ea? Sau poate că da?

Mesajul aștepta, oferindu-i șansa de a alege.

Fata se uită prin parbriz la arborele secular, al cărui trunchi era marcat de *alți* idioți care derapaseră de pe drum pentru că merseseră mult mai repede decât le permitea șoseaua.

În final, apăsă butonul de Ştergere. Mesajul dispăru. Apoi, fata formă un alt număr. Vocea mamei sale răsună din robot. Niciodată glasul ei nu mai avusese aceeaşi tonalitate primitoare.

Cassie aşteptă până când auzi acel bip scurt care însemna că era momentul să lase un mesaj.

-Hei, mama? Sunt eu, Cassie. Ascultă, îmi pare rău pentru ce ţi-am spus mai devreme. *Nu* vreau să merg să îl văd pe tata la spital. Nu o să îl iert niciodată pentru că a plecat fără să se mai uite vreo secundă măcar în urmă. Dar ştii ce? Chiar vreau să petrec Crăciunul cu *tine*. Bine? Ajung acasă după miezul nopţii. Păstrează-mi nişte prăjituri cu scorţişoară!

Închise şi formă următorul număr din listă.

-Hei, Ezra, sunt eu.

-Cassie?

-Da, răspunse ea.

-Ce faci, Cassie? E totul în regulă?

Fata respiră adânc.

-Mai ţii minte că mi-ai spus mai devreme că pot să ies cu tine şi cu prietenii tăi?

Putea să jure că Ezra îşi ţinu respiraţia în acel moment.

-Da, sigur, răspunse acesta. Suntem cu toţii aici.

-Invitaţia este încă valabilă?

-Da! zise Ezra. Ne-ar plăcea mult să ni te alături. Dacă nu te deranjează să îţi petreci timpul cu nişte tocilari care joacă Dungeons and Dragons, desigur.

Cassie zâmbi.

-Nu ştiu regulile jocului.

-Nu e nimic, o linişti băiatul. Te învăţăm noi. E foarte distractiv după ce te prinzi ce trebuie să faci.

-Ne vedem într-o oră, da? Trebuie să mă mai opresc undeva pe drum şi apoi vin direct acolo.

-Bine!

Vocea lui Ezra suna delirant de fericită.

Cassie închise din nou telefonul. Aruncă o privire către bancheta din spate, unde se afla sacul de gunoi verde umplut cu cele mai vechi produse de patiserie pe care le putea oferi cafeneaua. După estimările ei, erau suficiente pentru toţi rezidenţii Azilului de Bătrâni care, dacă viziunea sa fusese corectă, se aflau în jurul pianului cântând colinde de Crăciun într-un mod dureros de afon.

Înşfăcă apoi fularul roz bombon pe care doamna Henderson îl reciclase pentru ea şi îl înfăşură de trei ori în jurul gâtului- era exact genul de fular care o putea proteja în această iarnă arctică. Gâtul i se încălzi treptat pe măsură ce căldura trupului său era eliberată în îmbrăţişarea şalului. Iată! *Aşa* trebuia să se simtă o persoană care era iubită.

Punându-şi centura de siguranţă, Cassie dădu în marşarier, zgâlţâi maşina de câteva ori pentru a o elibera din mormanul de zăpadă care o salvase, şi reveni pe şosea. Când îşi aşeză mâna pe scaunul din dreapta, simţi ceva moale mângâindu-i degetele.

Porni lumina din bord pentru a putea analiza pana. Mică şi neagră. Căpăta nuante albastre, mov şi negre în lumină, însă nu era nici pe departe pana imensă pe care Jeremiel o lăsase să o atingă. De fapt, era pana unei atât de familiare, atât de obişnuite ciori. Cassie o apropie de obraz, iar apoi o aşeză pe bord, pentru a o putea vedea bine în timp ce conducea. În momentul în care avea să ajungă acasă, avea să o prindă în dream catcher-ul pe care îl ţinea deasupra patului.

-Mulţumesc, Jeremiel! şopti Cassie în întuneric.

El nu îi răspunse, dar, de altfel, fata nici nu se aştepta să o facă. La urma urmelor, era un înger, iar îngerilor le era interzis să se amestece în chestiunile muritorilor.

Asta, fireşte, cu excepţia situaţiilor în care o făceau...

~ SFÂRŞIT ~

Adevăratul Arhanghel Jeremiel

Jeremiel (Jerahmeel) este arhanghelul deciziilor din viaţă, conform tradiţiilor est-ortodoxe, grece şi ebraice. Numele său înseamnă „cel pe care Dumnezeu îl ajută". Cu toate că nu este cu adevărat un înger al morţii, Jeremiel se arată la momentul trecerii în nefiinţă pentru a ghida spiritele către Viaţa de Apoi şi pentru a le ajuta să îşi cerceteze din nou viaţa înainte de a le permite trecerea în Rai.

Dacă parcurgeţi o perioadă dificilă, se spune că Jeremiel poate fi invocat în timpul vieţii pentru a vă ghida spre o „analiză a sufletului", pentru a vă ajuta să reexaminaţi lecţiile primite de-a lungul existenţei şi să abordaţi totul cu mai multă claritate. Astfel, veţi putea lua decizii mai bune pe viitor.

Buletin informativ

Dragă cititorule,

Sper că ți-a plăcut *Sabia Zeilor*. Dacă dorești să primești o notificare atunci când voi lansa următoarea carte, te invit să te abonezi la NEWSLETTER-ul meu, iar eu îți voi trimite un e-mail când va fi gata!

Drept răsplată, odată ce vei confirma abonarea, vei primi acces instant către ediția digitală gratuită a volumului *Ceasornicarul: O Nuvelă* și *Eroi de Demult* disponibilă în format .epub, .mobi sau .pdf. Îți promit că nu vei primi niciodată mesaje spam din partea mea și că informațiile tale personale vor rămâne confidențiale. Folosesc MailChimp, așa că te poți dezabona oricând.

Ce ai face dacă ai putea retrăi o oră din viața ta? Află chiar acum ! Abonează-te aici :

Află mai multe >>
https://wp.me/P2k4dY-16O

FRAGMENT: Sabia Zeilor

În zorii timpurilor, doi adversari antici se luptau pentru controlul Pământului. Un singur bărbat s-a înălţat, pe atunci, de-a dreapta oamenilor. Un soldat al cărui nume ni-l amintim încă şi astăzi...

Colonelul Angelic al Forţelor Speciale, Mikhail Mannuki'ili, se trezeşte rănit de moarte la bordul navei sale prăbuşite. Femeia care îi salvează viaţa are abilităţi care îi par a fi cunoscute, dar, nemaiamintindu-şi nimic din trecut, el nu îşi poate da seama de ce.

Oamenii Ninsiannei cunosc profeţii despre un campion cu aripi, o Sabie a Zeilor care va apăra poporul împotriva Celui Rău. Mikhail insistă asupra faptului că nu este semi-zeu, dar capacitatea lui stranie de a ucide spune altceva.

Răul şopteşte unui prinţ posac. O specie pe moarte caută să evite dispariţia. Şi doi împăraţi, adânc înrădăcinaţi în ideologia lor antică, nu pot desluşi ameninţarea supremă în această repovestire ştiinţifico-fantastică, epică poveste a umanităţii despre lupta dintre Bine şi Rău, despre ciocnirea dintre imperii şi ideologii, precum şi despre cel mai mare super-erou care a călcat vreodată pe Pământ, Arhanghelul Mihail.

Această carte NU este o ficţiune cu caracter religios!

BONUS SPECIAL: conţine povestea originală „*Eroi de Demult*".

Mai multe informatii:
https://wp.me/P5T1EY-wO

Un moment din timpul tău, te rog...

Te-ai bucurat citind această carte? Dacă da, aş fi foarte recunoscătoare dacă ai revedea site-ul oricărei librării din care ai achiziţionat-o şi ai lăsa o recenzie în scris. Fără bugetul de publicitate al unei edituri mari, cele mai multe cărţi nu înapoiază costul de producţie. Cu excepţia cazurilor în care... cititorii ca tine răspândesc ideea ca le-a plăcut.

Mulţumesc!

Despre Autor

Anna Erishkigal este un avocat care se recuperează şi scrie ficţiune drept alternativă la ideea de a se întoarce acasă de la tribunal şi a-şi supune copiii vreunui interogatoriu. Creează sub un pseudonim, astfel încât colegii săi să nu îi pună la îndoială pledoariile, considerând că ar fi la rândul lor rodul ficţiunii. În cele mai multe cazuri, dreptul *este*, după câte se pare, pură ficţiune. Însă avocaţii preferă să îşi numească activitatea „apărare plină de zel a clientului".

Şansa de a analiza cotloanele cele mai întunecate ale fiinţei umane face posibilă construirea unor personaje ficţionale interesante, acel gen de personaje pe care îţi doreşti fie să le încarcerezi, fie să scrii despre ele acasă. În ficţiune, poţi jongla cu faptele fără a-ţi face prea multe griji privind adevărul. În pledoariile legale, dacă propriul client te minte, eşti pus într-o situaţie stupidă în faţa judecătorului.

Cel puţin în ficţiune, dacă un personaj devine supărător, îl poţi omorî...

www.Anna-Erishkigal.com

Alte cărți de
Anna Erishkigal

Ceasornicarul (o nuvelă)
Un înger gotic de Crăciun

Sabia zeilor Saga
(fantezie epică)
Eroi de Demult (o nuvelă)
Sabia Zeilor
Nici un loc pentru îngeri căzuți
Fructul interzis (în curând)

Mai multe cărți românești:
http://wp.me/P5T1EY-oU